SHANGHAI LITERATURE & ART PUBLISHING GROUP

故事会
精品系列

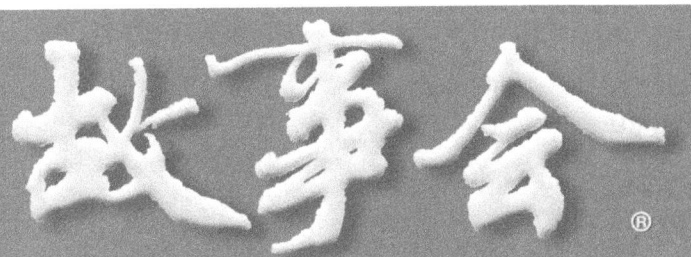

诙谐故事

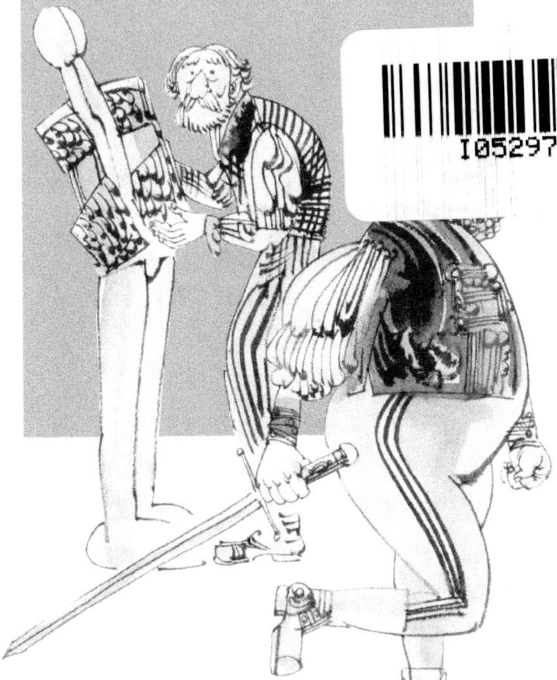

上海锦绣文章出版社
上海故事会文化传媒有限公司

上海文艺出版（集团）有限公司

图书在版编目（CIP）数据

诙谐故事 《故事会》编辑部编 – 上海：上海锦绣文章出版社
（故事会精品系列） ISBN 978-7-5321-1371-2

Ⅰ.①诙…Ⅱ.①故…Ⅲ.①故事 作品集 中国 当代 Ⅳ.I247.8

中国版本图书馆 CIP 数据核字（1999）第 39852 号

丛 书 名：故事会精品系列

书　　 名：诙谐故事

主　 　编：何承伟

编　　 委：何承伟　吴 伦　姚自豪　夏一鸣

责任编辑：刘迎曦　鲍 放

装帧设计：王 伟

责任督印：张 凯

出　 　　 版：　上海锦绣文章出版社

　　　　　　　　上海故事会文化传媒有限公司

POD 海外发行：　中国图书进出口上海公司

　　　　　　　　电话：021–36357888

　　　　　　　　传真：021–36357896

　　　　　　　　地址：上海市虹口区广中路 88 号

　　　　　　　　邮编：200083

海外 POD 发行版本

目　　录

莫 名 其 妙

买只母鸡报晨晓,拿根竹竿捅天穿,让人丈二和尚摸不着头脑。

恩捷进城

恩捷是个纯朴的农民，他天天在田里干活，从来没有离开过家乡。听说离家乡不远的阿克拉是个港口大城市，那里有许多稀奇古怪的东西，恩捷真想亲眼看一看。有一天，他下了决心，决定到阿克拉去，于是穿上作客的衣服，带了干粮，出发了。

恩捷一连走了好几天，终于离阿克拉越来越近了。进城路上，有人骑骡子，有人步行，路边还有一群牛。恩捷从来没见过那么多的牛，他停下来，好奇地望着，看到一个牧童，就问他，这一大群牛是谁的。牧童惊讶地望着他，不开口。原来，恩捷说的是家乡话，牧童听不懂，只说了句："米努。"意思就是说：我不懂。可恩捷也听不懂牧童说的话，还以为这"米努"是人的名字，所以他惊讶地想：这个"米努"有那么多的牛，真富啊！

　　恩捷进了城,一路上东看看,西瞧瞧,对样样东西都惊叹不已。不多一会,他走到一座大房子门口,房子很高,是用石头砌成的,恩捷在乡下从来没有看见过这么高大的房子。这时,正巧有个女人走过,恩捷就问她:"这是谁的房子?"女人看了他一眼,回答说:"米努。"恩捷听了更惊奇了:又是"米努"的!

　　恩捷继续在城里走着,不一会,他到了市场上,看见有不少女人在买铁锅和锡壶,这种东西在他的家乡是极少见的。恩捷问站在自己身边的小女孩:"这些东西是从哪里来的?"小女孩奇怪地看着他,说:"米努。"恩捷惊奇得目瞪口呆:怎么所有这一切都是"米努"的? 恩捷真想看看"米努"是个什么样子的人!

　　恩捷离开市场,沿着海边走,忽然,惊异得大叫起来:"啊,这一定是世界上最大的船了!"原来,不远处的海面上停泊着一艘大货船,船上的人正忙着朝船舱里装椰子和椰子油,走在恩捷旁边的一个过路人不知道恩捷在喊些什么,便对他说了声:"米努。"恩捷一听,拉住那个人说:"你不说,我也知道这船是'米努'的。可船上所有这些货物是给谁的呢? 那人当然还是听不懂恩捷的话,只好抱歉地对他笑笑,说:"米努。"

　　啊! 这一来,恩捷对"米努"羡慕极了。"米努"真是个了不起的人啊! 到处都是他的东西,人人都知道他的名字。

　　恩捷继续往前走,迎面走来一行长长的队伍,男人们抬着棺材,女人们哭着。恩捷从来没有看到过这么大的送葬场面,悲哀的气氛简直使他也快掉下泪来。他问队伍中的一个人:"你们给谁送葬?""米努。"

　　"什么? 伟大的'米努'死了?"恩捷自言自语地说,"这简直不可思议啊,伟大的米努,他的一切财产也救不了他,他还是死了,死了……"

　　恩捷继续朝前走,可他的头脑里还在怀念伟大的"米努"!

　　　　　　　　　　　　　(忻俭忠　王维正　编译)

忠心耿耿

一天夜里下了场暴风雪，第二天早晨史密斯先生的花园里覆盖着一层厚厚的积雪。因为史密斯先生要开车出去，便连忙雇了个人来打扫从汽车间到花园大门的小路。他吩咐那人说："不要把雪扫到路的那边，因为雪会压坏花园里的小灌木的；也不要把雪扫到另一边，因为雪要压坏篱笆的；更不要把雪堆到街上，警察来找麻烦就讨厌啦。"说完，他就进屋去了。

当他出来时，小路上干干净净的，积雪既没堆在灌木上，也没堆在篱笆下，更没有扫到街上。他高兴极了，便兴冲冲地去车库开车，打开门一看：只见里面堆满了积雪，他的汽车被深深地埋在雪底下。

（义　明　编译）

违法行为

开往日内瓦的快车上，列车员正在检票，一位先生手忙脚乱地寻找自己的车票，他翻遍所有的衣袋，终于找到了。他自言自语地说："感谢上帝，总算找到了。""找不到也不要紧，"旁边一位绅士说，"我到日内瓦去过20次都没买车票。"

他的话正巧被列车员听到了，于是，受到严厉的审问："你说过，你曾20次无票乘车来到日内瓦。"

"是的，我说过。"

"你知道，这是违法行为。"

"不，我不这么认为。"

"那么，你如何说服法官，证明你无票乘车是正当的呢？"

"很简单，我是自己开汽车来的！" （牛　君　编译）

慢了半拍

　　一个犹太人有个养鸡场。一天,他急急忙忙跑来找他的朋友拉比,说:"拉比,我倒霉了!"

　　"出什么事了?"

　　"我的鸡得了鸡瘟,已经死了一半。"

　　"你给它们吃什么了?"

　　"大麦。"

　　"你应该给它们吃小麦!"

　　第二天早上,这个犹太人又气喘吁吁地跑来了:"拉比,又有五十只鸡病死了。"

　　"你给它们喝什么了?"

　　"冷水。"

"嗐,你应该给它们喝热水!"

两天之后,那犹太人又来说:"拉比,现在我就剩下十只鸡了!"

"你给它们喝的水是从哪儿弄来的?"

"从井里呀!"

"你应给它们喝泉水!"

夜幕降临时,这位犹太人又带来了最新消息:"拉比,我的最后一只鸡也死了。"

"哎呀呀,"拉比叹息道,"这太可惜了。我还有许多很好的建议还没来得及向你提呢!"

(牛　君　编译)

如此作文

　　老师布置学生写一篇作文,题目叫"我的一条小狗",要求学生必须用一百七十个字完成。

　　小汤米回到家,一个人趴在桌子上,他开始写道:我有一条小狗,我叫它博比。我喜欢我的小狗,它全身都是黑色的,只有鼻子是白的……

　　写到这,他数了数字数,才三十三个字。他抓了抓头皮,想了一会又写道:每天我带着它到花园里去散步,不过下雨天我就不带它出去了。

　　这一下又多了二十六个字。他继续写下去:我经常给小狗洗澡。我也喜欢洗澡。小狗喜欢吃糖,所以我经常给它糖吃。但是有时候糖被妈妈藏了起来,所以我只好到外面去买。

　　写到这,小汤米停下来,从头到尾用铅笔头点了一下,总共只有一百十一个,字数还不够。

　　这下他犯难了,他咬着铅笔头,想了好一会,突然,他有了主意,立即很快地写下去:当我叫博比来时,我就说:"博比!博比!"假如它不肯过来的话,我就又说,"博比!博比!"它还不肯过来,我就再说,"博比!博比!博比……"

　　小汤米一口气写下去,一直到凑满一百七十个字为止。他扔掉铅笔头,长长地松了一口气。

(胡晓莉　编译)

真是奇迹

在一座小学校里,老师想解释"奇迹"这个词。

"孩子们,"他说,"假如我站在十层楼楼顶上,没有站稳,掉了下来,突然,一股旋风在半空中把我刮起,使我安全落地。想一想,应该用什么词来形容?"一男孩举手答道:"幸运。"

"很对,"老师说道,"确实是幸运的。但,这不是我要的词。我来重复一遍,我再一次从十层楼楼顶上掉下来,一阵旋风刮来,使我安全着地。大家想一想,用什么词最能恰当地说明这种情景?""碰巧。"一女孩答。

"不、不,"老师说道,"我再说一遍,我第三次从那座楼上掉下来,一股旋风让我安全落地。用什么词。最能形容这件事?"孩子们异口同声地说:"您在训练。"　　　　（李　钟　编译）

虚惊一场

　　玛丽是刚从卫校毕业的助产士，虽说她资历浅，但奇怪的是经她接生的婴儿，大都是男孩。于是她的名声大振，八方乡里那些日日夜夜盼望得子的人都慕名前来求她去接生。

　　一天，一个临产妇女的丈夫匆匆赶来求她马上出诊，玛丽见情况紧急，就背起药箱往产妇家匆匆奔去。

　　赶到产妇家，她按照惯例把临时产房消了毒，挂严了窗帘，然后请家属退出产房，并嘱咐家属，一定要保持安静，不要打扰产妇，让婴儿顺利出世。

　　听着助产士的吩咐，家属们都规规矩矩地退出门外。产妇的婆婆还手划十字，嚅动着嘴巴，念念有词地祷告着："上帝保佑，送个大胖孙子来吧！"

时间一分钟一分钟过去了，就在大家神情肃穆，等待着孩子降临的时刻，突然"吱"一声，房门打开了一条缝，大家忙伸长了脖颈，抢着问："生了？"玛丽微微摇摇头，凑近产妇丈夫的耳边，轻轻说："有钩子吗？"产妇丈夫一听要钩子，顿时大吃一惊，他不敢多问，撒腿奔到邻居家借了钩子，从门缝里塞给了玛丽。

过了一会儿，又听见房里传出玛丽的叹气声，家属们紧张地忙把耳朵贴到房门上，心都提到了喉咙口。一会又"吱"一声，房门打开了一条缝，众人忙问："生的男孩？"玛丽微微摇摇头，凑近产妇丈夫的耳边，轻轻说："有钳子吗？""钳子？"丈夫一听，心往下一沉，心想：会不会妻子是难产？刚想开口问问明白，但他一瞥见玛丽焦急的目光，再也顾不得许多了，撒腿就往电工家奔去，一会儿取来了一把钳子，从门缝里塞给了玛丽。

正当一家人惶惶不安时，"吱"一声，房门又打开了一条缝，大家紧紧盯住玛丽的脸，谁也不敢吱声，唯恐大祸临头。这时，玛丽和前两次一样，不慌不忙地凑近产妇丈夫的耳边，轻轻说："有螺丝刀吗？"这一声，犹如炸雷一般，大家再也沉不住气了，婆婆首先嚎叫起来，哭着说："我儿媳命苦啊！孩子你就顺顺当当出来吧！"丈夫也不管玛丽刚下的禁令，连喊带叫地直往房里冲去，使劲叫道："艾妮！艾妮！"

这一阵吵闹，把玛丽闹糊涂了，她不高兴地摘下口罩，虎着脸问："你们干啥？"产妇丈夫见玛丽这副样子，顿时火冒三丈，高声喊道："干啥？人的命都要没了！""什么话？轻一点！产妇正在休息，待一会儿她就要生产了！"大伙一听，半天才回过神，忙问："怎么，还没生？"玛丽莫名其妙地点点头，说："我什么时候说孩子生了？""那你一会儿要钩子，一会儿要钳子，一会儿要螺丝刀干啥？"玛丽红着脸说："我忘了带钥匙，医药箱还没打开呢！"

（张　虹　编译）

忘乎所以

亨利先生是位幽默健谈的人，有时候甚至喜欢在人前故意卖弄口才。

这天，他出差去伦敦，坐的是一个四个人的包厢。火车刚开出不久，他的谈兴就上来了，笑着对另外三个人说："你们知道吗，当过小偷并不是一件坏事，偷东西也能引人走上正路。就拿我来说吧，年轻时，我的家很穷，有一阵，我爱上了一个姑娘。一天，那姑娘对我说，我必须送她一串金项链作为订婚纪念。我能到哪儿去弄呀！实在没有办法了，我便壮起胆子偷了一串。可待我送给她时，她已经跟一个富翁远走高飞了。我咽不下这口气，决定拼命地去挣钱，一定要成为一个富商。于是我把金项链卖了，用这钱买了一批时装，转手就销完了，从中赚了一笔钱。

从此,我就起早摸黑地干这买卖。你们看,现在我已经是一家大电器公司的经理了。怎么样,当过小偷不是一件坏事吧!"

亨利先生的话,引起了坐在他旁边的那个中年男子的一番感慨,那中年男子说:"是呀,我也有同感,当过小偷确实不是一件坏事。我小时候家里也很穷,父母由于营养不良,劳累过度,老是生病,于是我最大的愿望就是想成为一名医生。可初中毕业后家里再也无力供我上高中了,又无钱买书,我只好到图书馆或书店去看书。有一次,我在书店里看到一本非常有价值的医学著作,那书非常厚,不是一天两天可以看完的,而那一阵子我父母又重病在身,我离不开父母,心中又离不开那本书。怎么办?我思虑再三,怀着歉意和惊惧偷了那本书。就是靠着那本书,后来我考上了医学院。现在我能被世人称作是著名的外科医生,还真得归功于我那一生中唯一的一次偷窃行为……"

"是呀,我也同意你们的观点,偷过东西不一定是坏事。"坐在亨利对面的一位中年女子谈兴也上来了,兴致勃勃地打断了医生的话,"说说我自己吧,我跟你们不一样,我小时候不是穷,而是太富了,我父亲是个富商,他总是随便给我钱,时间久了,我觉得花这钱一点意思也没有,于是我就想到偷。花偷来的钱真是太有刺激了!有一天,我父亲在别墅里举行一个晚宴,当晚有一位年轻男子留宿我家。半夜里,我悄悄溜入他房中,偷了一块金表。第二天早晨,他便发觉了,立即报告了父亲。大家断定这事只能是打扫房间的女仆干的,父亲要开除她,我于心不忍,便向父亲承认表是我偷的,并且从卧室中取出那块表。从那以后,大家都不理我了,我一气之下就带了一笔钱只身到外地生活。有一天,我忽然收到一封陌生人的信,给我谈了很多人生的哲理,当时我正在百般无聊之中,便试着给他回信,谈谈自己当时的生活和感受。渐渐地我们通信越来越频繁,后来便发展到非见一面不可的地步,我们相爱了。等到约会的时候,我才发现那位男子竟是被我偷表的那位,也就是我今天的丈夫。我想我现在能这样幸福地生活,还真得感谢我的那一次偷窃行为呢。"

真是巧了,一个包厢四个人,三个居然都做过小偷。"好了,该你谈了。"这三位都曾做过贼的又一起催促剩下的那位,刚才他们互相说话的时候,他一直将脸朝向窗外,从不言语。只见那人将头慢慢地转过来,将遮住眼睛的草帽稍稍向上提一点,扫了他们每个人一眼,说:"你们知道我是谁吗?我是警察。我注意听了你们刚才的话,虽然你们现在都改邪归正了,但你们毕竟有过犯罪的历史,法律是不会饶恕你们的,我都记住你们几位的尊容了,车到站请跟我走一趟吧。"说完,他便站起身走出包厢,仿佛是去上厕所。

剩下的这三个人都惊呆了。亨利先生说:"其实,我并没有偷过东西,只是想活跃一下气氛,才随便编个故事说说而已。"医生笑着耸耸肩:"我也是,我从来都是清白的,只是想附和一下你的观点。"那中年女子叫了起来:"天哪,我也只是想编个有趣的故事活跃一下罢了。"

车到站时,那位自称警察的还未回来,这三个清白的旅行者准备下车,却突然发现他们的钱包都不翼而飞了……

　　　　　　　　　　　　　　　　(陈　辉　编译)

不准乱跑

有一次,镇上警察分局抓住一个小偷,要派一个人送他到市里去。这时正好来了一个新警察,他自告奋勇地接受了押送的差使。

他押着小偷往火车站走去。

路过一个面包铺,小偷对警察说:"咱俩一点吃的也没带,到市里路可远着呢,这样吧,我进去买点面包,你在外面等着我。"

警察一听,满心喜欢:这倒不错,在火车上可有东西吃了。于是就答应了。

警察在外面等着,过了好久还不见小偷出来,警察等急了,就走进面包铺。一看没人,问老板,老板说是早就从后门走了。警察忙追出去,可是哪还有小偷的影子。

　　警察无可奈何地回到分局，把这事告诉了大伙，于是全镇的警察立即来了一次大搜查，很快又把那个小偷捉住了。

　　分局局长又把那个警察叫了来，对他说："这次再派你押送他，可别再让他跑啦。"

　　警察押着小偷又来到了那个面包铺前。"你在这儿等着，"小偷说，"我要进去买点面包。"

　　"啊，不！"警察说，"上次让你进去，你却溜掉了。这一次，我进去买面包，你在外面等着我好了。"

（刘国平　编译）

洋 相 百 出

对着镜子作揖,捏着鼻子做梦,生活中还真有这一类活宝。

胖子减肥

　　大胖子刘易斯，体重 120 公斤，多年来千方百计想减肥，可惜毫无效果，心里甚觉苦恼，深感生活毫无乐趣，欲寻短见。后来，他听朋友介绍城里有一家"美乐减肥中心"，效果不错，于是慕名前往。

　　中心经理热情接待了刘易斯，对他说："刘先生，我们完全有信心为你减肥。现在请你到财务小姐处交款，她会指导你如何做。你放心，如果日后达不到目的，我们保证把费用退还给你。"

　　刘易斯甚为高兴，连忙去交款。果然，财务小姐收款后，笑容可掬地对他说："刘先生，请你明天早上八点准时在家等候，到时我们中心会有人登门指导。"

　　第二天上午八点，果然有人敲刘易斯家的门。

"刘先生,你好。"一位身材苗条的妙龄女郎嗲声嗲气地向刘易斯打招呼,"从今天起,我跑,你追,如果你能追上我,我就嫁给你,好吗?"女郎边说边向刘易斯送上温馨的一吻。

刘易斯顿时被女郎弄得心花怒放,神魂颠倒。于是满口答应,一场追跑运动开始了。

第一天,刘易斯跑不了几十米便大叫追不上;第二天再跑,仍然力不从心,没有办法追上女郎。于是第三天,第四天,第五天……足足跑了五个月之后,刘易斯体重终于减了五十公斤。现在,他身轻如燕,身体结实,容貌俊俏,神情潇洒。他甜滋滋地想:明天我一定能追上那个妙龄女郎,到时,她可就成为我的妻子了! 刘易斯越想越开心,兴奋得一夜没睡着。

第二天早上八点,门铃准时响了,可谁知站在刘易斯面前的并不是那位女郎,而是一个足有一百三十多公斤的胖女人。胖女人吻了一下刘易斯,娇声说:"美乐减肥中心告诉我,今天开始,我们一起跑步,只要我能追上你,你就会成为我的丈夫,来吧,我的美男儿。"

(梁炽基　编译)

互诉衷肠

迈尔斯是动物园的管理员,他正与远在异地的女友玛丽热恋着,他们彼此用书信互诉衷肠。一段日子下来,迈尔斯终于鼓起勇气写信向玛丽求婚。

和往常一样,信发出后的第六天上午,迈尔斯收到了玛丽的回信。他惴惴不安地打开,只见信上这样写着:

亲爱的:

据我所知,你至少有十七封信说我的嘴巴像樱桃,还有至少十九封信说我的眼睛像香蕉。我无法忍受你这烂白菜似的比喻了!记得你在给我的第一封情书中,居然说我的腿修长,像一只花脚蚊子。我正告你,如果你还不能写好一封情书,那么我会让你的请求像那些和谈一样悬而不决。这一切后果将由你自负……

读完信,迈尔斯像一只蔫黄瓜似的没了精神,他又害羞又气恼。然而当务之急是回信,回信!

可怜的迈尔斯绞尽脑汁绞干了汗,可就是不知道再怎么提笔给姑娘写回信。突然他惊喜地想起,前天老父亲曾经郑重地将一本珍藏已久的书送给他,对他说:"孩子,现在是时候了,这本书将教会你如何给心爱的姑娘写情书。"

仿佛落水者抓住了救命稻草,迈尔斯以最快的速度找出了那本书,轻轻翻开那发黄的书页。谁知里面每一页都是白纸,只在最后一页的角落里才有几行淡淡的字迹。迈尔斯如获至宝,仔细地辨认着上面的字。它是这样写的:绝妙的比喻是情书的灵魂,是鱼钩上的鱼饵。如果你能别出心裁,那么铁石心肠也会被你的磁铁吸引。善于用你熟悉的事物去联想你的姑娘,会让她觉得你时刻在想着她,这可以起到意料不及的效果!

实在太妙了!迈尔斯嚼牛筋般地反复把这些话读了六遍,真是茅塞顿开。"感谢父亲!"他激动地大喊着,抓起笔就写了起来:

亲爱的:

请忘掉那堆可恶的樱桃和香蕉吧,我会让你大吃一惊的,因为我并不笨。

啊,亲爱的,我不能没有你!你对我简直就像关猛兽的铁笼子一样缺少不得!无论是在给大象洗澡,还是在给火鸡喂食,我时时刻刻都在用劲地想你。我怎么能忘得了你?看见猫头鹰,就想起你大大的圆眼睛;看见红狐狸,就想起你蓬松的大辫子;看见长颈鹿,会想起你长长的玉脖子;看见大水蛇,会想起你柔软的细腰肢;至于那长臂猿,我一看到它,就会想起你的纤纤十指;还有金丝猴,如同你娇小的身材。啊! 你是多么地可爱迷人,嫁给我吧,我会像靠近那头快下崽儿的母狼一样,倍加小心地侍候你。

你的迈尔斯

信一气呵成,迈尔斯又兴冲冲地读了两遍,随后,他把信投进邮筒。果然,六天后,回信来了。

亲爱的:

你文采飞扬的信真让我惊喜,更勾起了我对你的思念。思念你刺猬一般的头发,思念你猩猩似的鼻子和嘴巴,思念你河马般的身材,以及思念你小公鸡儿打鸣似的歌声。我想我们是很般配的。因此,我正式答应你。最后让我们起誓:为我们的爱,我们将终生不育。

爱你的玛丽

六天后,玛丽也盼到了迈尔斯的回信。迈尔斯在信上郑重其事地说:

亲爱的:

我想,我不能做动物园南边角落里的那头骡子。

你的迈尔斯

(杨英杰 编译)

业余模特

麦克和哈里到一个小镇上参加联欢节,酒罢歌止已是深夜了。镇上的几家小旅馆都客满了,他们只得敲开了一家居民的门:"请问您有房间出租吗?"

"进来吧,总不能眼看着你们呆在外面。只是今晚断电,跟着我的蜡烛光走吧。"一位老伯伯举着烛台,引他们走入长长的走廊。

麦克和哈里走进一间房间,隐约看到有一张小床和一把扶手椅。

"就请睡在这儿吧。不过,注意不要移动这扇大屏风!"老伯伯指着一扇紫绛色的大屏风叮嘱了几句,就走了。

麦克和哈里各自在小床和椅子上怎么也睡不着。

哈里说:"麦克,你说屏风后面会有什么东西呢?"

"是啊,什么呢?"

出于好奇心,两个朋友悄悄爬起来,往屏风后一看:只见一张宽阔的老式床空在那儿。

"我们睡到那张大床上去,明天早点醒来,再回这边来。"

麦克同意了哈里的建议,他们爬上大床,一会儿工夫就睡着了。

早晨,麦克迷迷糊糊地听见笑声。他睁开眼睛一看,有二十来个人正冲着他俩笑。原来,他和哈里正睡在一家古董商店的玻璃橱窗里。

(孔明珠　编译)

爆炸消息

营长对值班军官说:明晚大约8点钟左右,哈雷彗星将可能在这个地区看到。这种彗星每隔76年才能看见一次。命令所有士兵穿野战服在操场上集合,我将向他们解释这一罕见现象。如果下雨的话,就在礼堂集合,我将为他们放一部有关彗星的影片。

值班军官对连长说:营长命令,明晚8点哈雷彗星将在操场上空出现。如果下雨,士兵们穿着野战服列队前往礼堂,这个罕见的现象76年才在那里出现。

连长对排长说:根据营长的命令,明晚8点,非凡的哈雷彗星将身穿野战服在礼堂中出现。如果操场上下雨的话,营长将下达另一个命令,这个命令每隔76年才会出现一次。

　　排长对班长说：明晚 8 点,营长将带着哈雷彗星在礼堂中出现,这是每隔 76 年才会有的事。如果下雨的话,营长将命令彗星穿上野战服到操场上去。

　　班长对士兵说：在明晚 8 点下雨的时候,著名的 76 岁的哈雷将军将在营长的陪同下,身穿野战服,开着他那辆"彗星"牌汽车,经过操场前往礼堂。

（刘居杰　编译）

我是新郎

在一个小镇的大街上,有个超速骑摩托车的小伙子被警官抓住了。

"可是警官先生,"小伙子说,"我可以解释——"

"闭上你的嘴,"警官喝道,"我先带你去号子里,等待警长回来再说。"

"可是警官先生,我只是想说——"

"我说过叫你闭嘴！跟我走吧！"

几小时后警官去号子里看望他的犯人,并说:"你真走运啊,今天警长去参加女儿的婚礼,他回来时一定心情很好。"

"没指望啦,"号子里的小伙子说,"我就是那位新郎。"

(陈　辉　编译)

天才歌手

　　有一位歌手自认为自己嗓子迷人，唱起歌来悦耳动听，他吹嘘说，他能把深海中的梭鱼或是海豚引出水面，听他唱歌。

　　有一天，教堂做弥撒，请他来唱赞美歌。他唱歌的时候，看到有一位老妇人跪在地上痛哭流涕，他以为是自己美妙的歌声把这位老妇人感动得流下了眼泪。于是唱完歌之后，他马上跑下台去，走到这位老太太面前，当着全教堂的人问老太太："老人家，您为什么哭得这样悲伤？"他满心想听到的是赞美词，谁知老太太答道："先生，您唱歌的时候，使我想起了我的驴子。三天前，我的驴子丢了，我家驴子的叫声和您的歌声一模一样，所以我越想越伤心。天哪！在天的圣父，要是我能找到我的驴子，让它来这里唱歌，那该有多好啊！"

　　　　　　　　　　　　　　　　　　　　（张　涛　编译）

真有水平

　　有两个旅游者到美洲一个极其偏僻的地方旅游,有一天,他们碰到一位正在打猎的印第安老人,而且这位老人懂得他们的语言,于是便和老人攀谈起来。

　　旅游者问老人:"您能否告诉我们未来几天这儿的天气情况?"老人不假思索地说:"哦,当然可以。要不了两天,这儿就要下雨,还会刮大风,随后还有两天的降雪。"

　　一位游客禁不住对他的同伴惊叫起来:"不可思议,我们虽有那么多的现代化设备,然而与这位老人相比,我们对大自然的秘密还是知道得太少了!"他转向这位老人,热切地问:"您是怎么知道这些大自然的奥秘的?"老人微微一笑:"我是从广播里听的天气预报!"

(宛敏华　编译)

丈夫失踪

有个花工，一天，他到公爵的花园里去给扁桃树剪枝。他站在梯子上剪呀，剪呀，突然打了个喷嚏。他心里很紧张，因为正好昨天他上市场时，听到两个路人在悄悄说："谁如果连打三个喷嚏，他就要死的。"啊——我必须非常小心，不要再打喷嚏了。

可谁知越紧张越糟糕，刚剪了两下，"啊——嚏"他又打了个喷嚏。

"啊，天哪，"他悲叹道，"两次了！如果再打一次就要完了。怎么办呢？我唱歌吧，唱歌能使我不打喷嚏。"于是他唱起歌来了，"法——拉！拉！"歌声又宏亮又清晰。

他一边唱，一边剪："法——拉！拉！"剪，剪，剪……"法——拉！拉！"剪，剪，剪！天哪，天哪，我怎么又想打喷嚏啦？

"法——拉！拉！"啊,天哪,我怎么办呀?"法——拉！拉……"哎,不行,我憋不住啦,我实在憋不住啦——"法——拉——""啊嚏!"终于第三个喷嚏从他嘴里冲了出来。

这下花工在梯子上站不住了,他浑身发软,"叭"跌在地上,不会动了。他伤心地闭上眼睛,只觉得死神就要来临。

这时候已近黄昏,花工的妻子正等他回家吃晚饭哩,左等右等就是不见花工的影子。"该死的,难道发生了什么事吗?"一个小时过去了,又一个小时过去了,10点、11点……花工的妻子瞧瞧窗外,黑漆漆的夜晚,没有星星,也没有月亮,她越等越害怕,就哭着跑出去敲邻居的门。邻居听她把事儿一说,便点起油灯,陪她一起到果园里去找她丈夫。

花工妻子一路走一路哭,哭得伤心时,邻居也陪着掉泪。村里人被她们的哭声吵醒了,都跑了出来。"伤心的女人,你们这时候打着油灯到哪里去呀?""哎哟！我们一起去找我的丈夫,他今天一大早出门去公爵的果园剪扁桃树枝,到现在还没有回家哪!""那我们一起帮您去找吧。"于是这一大帮子人陪着花工的妻子继续朝前走去。

这段路很长,他们东弯西拐,走了好长时间才来到果园。没有星星,也没有月亮,果园里黑得像装在铁桶里一样,只有油灯发出很微弱的光。人们分散开来寻找,一会儿又相互撞在一起,或者碰在果树杆上。只听得到处是叫喊声:"哎,把灯打过来!""不,不,把灯打到这儿,快!"

就在人们闹哄哄的时候,忽然,有个声音高叫着:"他在这,他在这!"原来这个人摸黑寻找,恰好一脚绊在花工身上。油灯被迅速传了过来,人们一看,花工直挺挺地躺在地上,双眼紧闭,就像一根木橼。花工的妻子被扶了过来,一看丈夫这个样子,哭得更凄惨啦:"哎哟！我的亲人,你怎么不跟我说一声就去了哟?"

　　有人发现花工身旁有架梯子,于是就把它平放在地上当作担架,把花工抬了上去。两位身强力壮的青年人自告奋勇抬担架,于是随着"嗨哟"一声,梯子被抬起来了,众人簇拥着这位"死"了的弟兄,一同向村里走去。

　　这时候,灯油快完了,一会儿一盏灯熄灭了;再过一会,另一盏灯也熄灭了。人们在黑暗中跌跌绊绊前行,也不清楚走到了什么地方。一个人喊道:"走左边!"另一个人说的完全相反,"向右拐!""不对,不对,"第三个人喊道,"照直走,照直走!"众说不一,他们索性放下梯子争论起来,嚷声、喊声嘈杂一片。一些人抓住梯子要抬向左边;另一些人则夺过梯子要拐向右边;第三部分人则又抓住梯子要继续往前抬。

　　争来抢去,把梯子上躺着的花工重重地擦伤了。其实花工既没死去,也没睡着,人们的话他早就听到了,可他总觉得自己已经被死神召唤去了,人们的说话声在他听来,仿佛鬼喊一般。此刻,他感到全身疼痛,又冷得要命,他再也忍不住这种折腾啦,从梯子上一跃而起,张嘴喊道:"我活着的时候,朋友们,总是走左边那条路的!"说罢,就向左边走去。

　　人们惊呆啦!他的妻子在后面笑着,喊着:"啊,哈!我的好丈夫,你活着,这么说你压根就没有死过!"

(王义虎　编译)

针 锋 相 对

他要你心肝,你要他五脏,为了生存,各自撕破了脸皮。

商人求医

有一个商人,他非常吝啬,万不得已时,才肯花那么一丁点儿钱,如同挤牙膏一样。

有一天,他病得实在受不了了,才叫朋友推荐一名医生。

"史密斯大夫的医术很高明,"他的朋友对他说。

"他收费贵吗?"商人问。

"也贵也不贵,如果你第一次去看病时,他就收你五百元,但以后再去,每次只收二十五元。"

"挺合理的。"商人道,然后便去看病了。

走进史密斯的诊所,商人狡猾地说:"您好,大夫,我又来看病了。"他把"又"字强调得特别清楚,随后把二十五元钱放在桌子上。

大夫仔细地给他切了一会儿脉后,微笑着把钱放进自己的抽屉,"谢谢,"他说,"今天你觉得怎么样啊?"

"当然得细心给我查一查,"商人道,"并且告诉我得了啥病。"

"噢,不需要再检查了,"大夫说,"你就继续按上次来看病时我给你开的处方吃药吧。"

(青　草　编译)

礼尚往来

　　欧伦斯庇格有一天去饭馆吃饭，店主的肉还没有烤好，可是他已经饿了。

　　店主看出了他的心思，便说道："谁要是等不及正餐，可以先随便吃点现成的东西。"

　　于是欧伦斯庇格走到一边，吃了不少干面包，吃饱之后，他坐到火边，转动烤肉叉，一直把肉烤熟。

　　当烤肉端上餐桌的时候，店主和客人请他上桌就餐，他回答说："烤肉的时候，我闻味都闻饱了。"说完之后，便躺在火旁的长凳上打盹。

　　待客人们吃完后，店主拿着托盘，向欧伦斯庇格要烤肉钱，他拒绝付钱，说道："我没有吃肉，为什么要交烤肉钱？"

店主答道:"掏钱吧!你说你闻肉味闻饱了,所以也应该付和坐在桌上吃肉的人一样多的钱。"

欧伦斯庇格听后,也不反驳,只是从钱袋里掏出一枚银币,扔到长凳上,对店主说:"你听到钱的声音了吗?"

店主答道:"我当然听到了。"

欧伦斯庇格马上把钱拿起来,放进钱袋,对店主说:"我银币的声音正好够付我闻了你的肉味的钱。"

(张　涛　编译)

男孩送鱼

　　有个家住教堂附近的庄稼人,他有一个年纪很小的男孩。离庄稼人家不远的地方,有一条小河。这个庄稼人喜欢到河边捕鳟鱼。他为了巴结教堂里的牧师,每次捕到又肥又大的鳟鱼时,总要叫他的小儿子送一串给牧师,小男孩总是听话地送去。

　　有一天,庄稼人又捕到了鳟鱼,跟往常一样,他对儿子说:"听着,把这些新鲜的鳟鱼送到牧师那里去。"

　　小男孩说:"不,我不去。"

　　庄稼人听了十分惊异:"你说什么? 去,快把这些鳟鱼送给牧师。""我,我不去。""为什么?""不为什么,就是不去!"

　　庄稼人没法,只好让步说:"就送这一回,这些鱼多美啊,以后不再叫你送了。"

小男孩再没吭声,提了鳟鱼,气呼呼地朝牧师家走去。到了牧师家的门口,"咚咚"敲了敲门,没等回音,就推门走了进去,把鳟鱼往椅子上一扔,转身就走。

屋子里的牧师见到这情景,连忙追到门口,大声叫道:"回来,我的孩子,让我做个样子给你看看,你这样做,简直不成体统!"

小男孩只好转过身来,红着脸,回到屋子跟前。

"进来吧,"牧师说,"我给你做个样子,让你看看应该怎样把一串鳟鱼送给牧师。坐到我的椅子上来,你做牧师,我做小男孩。"

于是,牧师捡起那串鳟鱼,出了门,然后回转身,到了门前,轻轻地敲敲门。

小男孩说:"进来。"

牧师十分谦恭地走进门,走到小男孩跟前深深鞠了一躬,说:"库里先生,我父亲让我给您送一串鳟鱼来了。"

小男孩慢条斯理地把手伸进口袋里,掏出二角五分钱,给了牧师。然后他模仿牧师的口吻,说:"噢,孩子,这一点钱给你。"

牧师顿时感到既惊讶又窘迫。他愣了一下,说:"我现在明白了,你为什么扔下鳟鱼就一声不响地走了,原来你要我付点钱给你。好吧,我付给你。"

牧师走到一张小桌子前,从袋里掏出二角五分钱,放在桌子的角上;又掏出五角钱,放在另一个角上;还在桌子的第三个角上放了一元钱。

牧师放好钱,对小男孩说:"这是付给你的。如果你拿二角五分,你死后可以升入天国;如果你拿五角,死后要先入炼狱,洗净灵魂上的罪恶才能升入天国;如果你拿了一元钱,死后永远入地狱。好了,你挑选吧!"

小男孩毫不犹豫地伸出两只手,把桌上的钱全抓到手里,说:"这些钱我都要,这样我死后就可以想到哪儿就到那儿了。"

说完,他把钱揣进袋里,扬长而去。　　　（王晓宏　编译）

滑头广告

    马洛先生每天要乘火车上下班,而他的家却离火车站很远,所以他很想找一处离火车站近一点的房子。

    一天,他在报上看到一则售房广告,介绍这处待售房距火车站只有扔一块石头的距离。马洛想:一块石头能扔多远,这房子对我太合适了!于是他立即给房屋管理处打电话,要求当天下午就去看房。

    下午,房管处的人果然领着他去看了那所房子,但那地方离火车站足有一英里半。房管处的人问马洛:"先生,您看这房子怎么样?""很好,"马洛说,"不过,现在我很想见一见那个能把一块石头从火车站扔到这里的人!"

(富　强　编译)

脑瓜开窍

有个英国人问他的美国朋友："你们美国人做生意总是能赚钱，奥妙在何处？""哦，老兄，就在这里面。"美国人指着自己的脑袋说，"你应该多吃点鱼，鱼肉中含有丰富的蛋白质，吃了人会聪明能干。这样吧，你拿10美金来，我给你送点鱼来。"

英国人当即掏出10美金，于是下午就收到一条烧好的鱼。第二天，两人又见面了。美国人说："你觉得我送来的鱼怎么样？"英国人说："真是妙极了！只是，只是有点……10美金就买10厘米长的一条小鱼，是不是太贵了点？"

"对了。"美国人拍着英国人的脑袋说，"老兄，看来你吃下去的鱼肉已经消化吸收了，你的脑袋瓜子已经开窍了。"

（俞美华　编译）

三大好处

　　从前，美国有个倒卖香烟的商人到法国来做生意。

　　一天，他在巴黎的一个集市上大谈抽烟的好处，突然，从听众中走出一位老人，连招呼也不打，就走到台前。

　　那位商人吃了一惊。

　　老人在台上站定后，便大声地说道："女士们，先生们，对于抽烟的好处，除了这位先生讲的以外，还有三大好处哩！我不妨讲给大家听听！"

　　美国商人一听这话，转忧为喜，连连向老人道谢："谢谢您了，先生。我看您相貌不凡，肯定是位学识渊博的老人，请您把抽烟的三大好处当众讲讲吧！"

　　老人微微一笑，立刻讲了起来："第一，狗一见抽烟的人就害怕逃走。"台下一片轰动,商人暗暗高兴。

　　"第二,小偷不敢到抽烟人的家里去偷东西。"台下人连连称奇,商人更加欢喜。

　　"第三,抽烟者永远年轻。"台下观众情绪振奋,商人更加喜形于色。

　　老人把手一摆,说:"女士们,先生们,请安静。我还没说清为啥有这三大好处呢!"

　　商人格外高兴地说:"老先生,请您快讲。"

　　"一,抽烟人驼背的多,狗一见到他,以为是正要拾石头打它哩,它能不害怕吗?"台下人笑出了声,商人吓了一跳。

　　"二,抽烟人夜里爱咳嗽,小偷以为他没有睡着,所以不敢去偷。"台下一阵大笑,商人大汗直冒。

　　"三,抽烟人很少长寿,所以永远年轻。"台下一片哗然。

　　此时,大家再一看,商人不知什么时候已经溜了。

(溪　流　编译)

惊人勇气

　　有三位海军上将,一个德国人,一个英国人和一个美国人,正在就什么是真正的勇气进行激烈的辩论。

　　德国上将自信地说:"勇气就是德国军人的勇敢行动。"他向他的一个士兵大声命令,"看见前面那根一百米高的旗杆了吗?我希望你能爬上去,然后举起你的手,敬一个优美的军礼,完毕之后,立刻跳下来!"

　　这个德国士兵马上跑向旗杆,爬了上去,敬了礼,紧接着又跳了下来。

　　"啊,太棒了!"美国人情不自禁喊了声,随即毫不犹豫地命令一位美国海员:"看见远处那根两百米高的旗杆了吗?我希望你能爬上去,敬两次礼,然后跳下来,能行吗?"

美国海员按命令做了。

"我告诉你们,勇气对我们英国海军意味着什么。"英国人喊来他的水手,对他说:"爬上那根三百米高的旗杆,敬三次礼,再跳下来。"

"什么?"那位水手大嚷起来:"你让我去死吗？你究竟怎么了?"他怒气冲冲地盯着他的上司。

"看吧,先生们!"英国海军上将得意地说,"这就是我们的真正的勇气。"

（高　辉　编译）

回敬耳光

一天，朱哈正在逛市场，突然从背后上来个人，狠狠打了他一个耳光。

朱哈朝他瞪了一眼："你这是干什么？"

"对不起，我错把你当成我的一个不分彼此的朋友了。"那人歉意地向朱哈解释。

但是，朱哈并没有放过他，将他告到了法官那里。

法官听了朱哈的诉说后，做出裁决：朱哈以其人之道，还治其人之身，回敬那人一个耳光。

可是，朱哈对此裁决感到不悦。

法官说："既然你不满意，那就罚他给你十个银币。"说完就转向那人，"回家去拿十个银币来给朱哈。"

就这样,法官有意将那人放走了,因为他是法官的一个好朋友。

朱哈足足等了几个小时,还不见那人归来。此时,朱哈心里才明白,是法官欺骗了他。

于是,朱哈走到正在埋头工作的法官面前,狠狠地打了他一个耳光,然后对他说:"法官大人,我有要事在身,不能在此久等了。如果那人回来的话,请你收下他的十个银币吧。"

（佚　名　编译）

考场问答

　　某教授在主持考试,向一个医学院学生发问道:"如果您需要给病人发汗,将采取什么措施?"

　　"我给他开强性催汗剂……"

　　"请举例说明。"

　　"热茶、马林果、干椴树花……"

　　"如果这些东西不起作用呢?"

　　"马上求助于挥发油、乙醚……"

　　"如果这些东西仍不起作用呢?"

　　"试用番红花,"学生有些紧张,额上不断冒出的豆大汗珠。

　　"如果这些还不行呢?"

　　"把病人送到您这儿来考试。"　　　　　　(佚　名　编译)

节省绝招

　　有个特别节省的人，无论什么时候，嘴里总念叨着："得省着点，得节约点！"平时他见到朋友，也总是念着他的节约经。

　　一个深秋的夜晚，他的一个朋友想看一看他到底是怎样一种节约法，便来到他家。一瞅，屋里漆黑，一点灯火也没有。朋友想：噢，这准是为了节省灯油。朋友进了屋，透过夜光一看，吓了一跳，只见节省人一丝不挂地坐在梁下。朋友纳闷地问："你怎么连件衣服都不穿？""为了节省呀！""可眼下已是晚秋了，冻着怎么办？穿上吧。""不，我这还出汗呢！""那是怎么回事？""你往上瞧啊！"

　　朋友抬头一看，只见房梁上用一根很细的绳儿系着一块大石头。节省人说："我一想到这石头马上就会掉下来砸我的头，就浑身冒汗,所以,不穿衣服也一样。"朋友听了心里好笑,陪着他在大石头底下聊了会儿天,果然浑身汗水淋淋。

告辞的时候,朋友怎么也想不起木屐脱在哪儿了,就说:"借个火儿吧,屋里黑得我什么都看不见。""行呵!"节省人嘴里说着,顺手摸来一根木柴,照着朋友的脑袋"扑"打了过去。朋友生气地叫道:"我说你这是干什么呀?眼睛都被你打得冒金星了!""那好哇,就借着金星找你的木屐吧!""好家伙,你这招儿可真厉害。"朋友吃了大亏,只得摸着头回家了。

再过些日子,就是元旦了。朋友想:我得琢磨个法儿,回敬他一下。元旦一清早,他薅了一根稻草,带在身上,去拜访节省人。一进门,就开口说:"恭贺新禧,勤俭发财。今年我也想好好跟你学学,狠狠地节省着过日子,过年啦,没别的,送你根稻草棍儿作贺礼,请拿它通个烟嘴儿,去去烟油子吧!"说完,把草棍儿双手递给节省人,并向他恭恭敬敬地施了一礼,得意地回家了。

第二天,节省人回拜来了。他从怀里取出昨天朋友送给他的稻草的一节,说道:"这也算是我的年礼吧,你留着掏掏耳朵什么的吧。"

朋友听了,半天没说出话来。

(康　弘　编译)

珍贵礼品

有一年,奥地利作曲家斯特劳斯带着他那惹人喜爱的长毛狗,到美国访问演出。斯特劳斯举止温文尔雅,仪表非凡,特别是那弯曲的长发特别引人注目。

有一次演出后,有个对他十分崇拜的美国妇女,走到斯特劳斯面前,向他提出一个请求:"尊敬的天才音乐家斯特劳斯先生,您能送给我一束头发,作为珍贵的纪念吗?"

斯特劳斯说:"可以,女士。"说完,他立即扯下几根头发给她。

这件事立刻成为重要新闻传开了。于是来向斯特劳斯要求赠赐头发的人川流不息。斯特劳斯总是有求必应,来者不拒。

这事引起了他朋友们的关切:这样下去会把他头发拔光的

啊！朋友们劝他不要随便拔头发送人了，他却淡淡一笑。

几个月以后，斯特劳斯结束了在美国的访问演出，朋友们都来送行。

斯特劳斯挥着帽子向人们告别。这时大家才发现，他头上的鬈曲长发还是好好地长着。再一看，他那心爱的长毛狗却变成秃毛狗了。

（王　慈　编译）

手臂入狱

　　有一个穷汉，为生活所逼，便干出一些偷鸡摸狗的事来。不过他偷的都是有钱大户，从不偷穷苦人家。

　　有一次，他正偷偷地从富翁家的窗口拿走一些东西时，被富翁的管家发现了，便把他抓了起来。随即，富翁向法庭起诉，法官决定开庭审判。

　　法庭上，穷汉的辩护律师提出申辩，说："法官先生，我经调查核实，被告根本没有爬入窗里偷东西。他看见客厅的窗子开着，只是将右手臂伸入窗户，取了点微不足道的东西而已。很明显，被告的一只右手臂不能代表他本人。我真不明白，犯罪的仅仅是他的右手臂，而你——法官大人，你却把他整个人都作为罪犯，判他有罪，这是不合情理的。我提出抗议！"

法官一时弄得瞠目结舌,好半天才回过神来。他想了一下,便用木槌敲敲案桌,说:"律师说得不错,完全合乎逻辑! 现在,我正式宣判:被告的右手臂入狱一年。至于被告是否愿意跟随右手臂坐牢,那就悉听尊便。"

顿时全场骚动起来,人们既敬佩穷汉的辩护律师的聪明,也不得不对这位法官如此巧妙的判决肃然起敬。人们不由自主地把眼光都集中在穷汉身上,看来,穷汉要么断臂,要么老老实实进监狱!

哪知穷汉却显得泰然自若,只见他脸露笑容,在辩护律师的帮助下,从容不迫地把那只右手臂解了下来。全场为之哗然——原来那右手臂是假肢!

(梁炽基 编译)

随 机 应 变

偷学了变色龙的绝招,见了骡子就会装驴叫。

约翰开店

约翰开了一家杂货铺,虽然他的店货源充足,品种齐全,但生意却并不怎么好。原因是他疑心病太重,每次顾客付给他钱,他都要反复检验,对于顾客开出的支票,检验得更是严格。

有一天,来了一位壮汉,买了不少东西,当壮汉开好支票,交给约翰,刚想提起货物离开时,却听见约翰喊道:"先生,请等一下。"

壮汉回转身来,只见约翰一边向他招着手,一边提起电话听筒,接通了银行。原来,他是对壮汉开出的支票不放心,正在向银行查询呢。不一会,银行方面给了他一个肯定的答复,证实这张支票是有效的。

壮汉对约翰这种不信任顾客的态度十分不满,他见约翰挂断了电话，便没好气地问："老板，我可以走了吗？"

"哎，请再稍候一下，能不能把您的住址和电话号码告诉我？"

壮汉将自己的住址和电话号码告诉了约翰。约翰又拨了一个电话到壮汉家里，查清确有此人之后，他又索要了壮汉的驾驶执照和身份证，将它们的号码一一抄录下来。当他抄完之后，一抬头，正瞧见那壮汉虎着脸，在捋袖子。他大吃一惊，以为对方要揍自己，惊叫道："你，你要干什么？"

那壮汉莞尔一笑，彬彬有礼地问道："请问老板，是否还需要抽些血去检验一下？"

（孙　斌　编译）

同时搬家

万叶学者江见竹山是个爱静的人,可是很不幸,他住所的右边是家桶铺,左边是家铁铺,每天从早到晚"咚咚"、"锵锵"地敲个不停。他发愁地对其他人叹道:"闹得我简直没法做学问!要是这两家肯搬走,我要请客大吃一顿,表示庆祝!"

有一天,两家铺子的老板一齐来拜访竹山,说:"我们两家准备同时搬家,您说过要请客,那就请我们吃一顿吧!"竹山大喜,忙问:"几时搬?"回答是:"明天。"

竹山喜不自胜,当晚就把三家的人合在一起,热热闹闹地饮酒唱歌。宴席将散时,竹山问道:"二位将搬往何处?"

两人同声答道:"我搬到他家,他搬到我家。"

(佚 名 编译)

险些闯祸

史密斯先生喜欢参加各种社交宴会,为的是想结交更多的朋友。

有一次,他接到一张上流社会的宴会请帖,十分兴奋,因为他并不认识邀请他的女主人,颇有受宠若惊之感。

他准时来到宴会大厅,到处走来走去,不管认识的,不认识的,只要有机会就和别人攀谈起来。

席间,他坐在一位高贵的女士旁边,发现这位女士对他的态度十分热情友好,便有些洋洋自得起来。

上第一道菜的时候,这位女士转向史密斯先生说:"您见过那位坐在上席戴眼镜的白发人吗?"

"啊,怎么啦?"史密斯问,"他是谁?"

"他是内政部长。"女士答道。

史密斯为了表示自己的清高,故意用不屑一顾的口气说:"内政部长有什么了不起!"

那位女士一听,态度立刻冷淡下来,不言不语。

史密斯似乎没有觉察到女士的神情变化,继续说:"看他那模样,我真不明白他怎么能当上部长,除非他是总统的亲戚。"

女士听到这儿,沉不住气了,说:"不管你喜欢不喜欢他,这都不碍事,他能当选为部长,是因为他是这项工作的理想的人选,如果他工作得好,你又有什么怨言呢?"

女士转而问道:"先生,您知道我是谁?"

"不知道。"

"我是内政部长的夫人,"她冷淡地说。

史密斯先生惊得目瞪口呆,懊恼万分,多亏他脑筋转得快,问道:"太太,您知道我是谁?"

"不知道。"

"谢天谢地!"史密斯先生喊道,很快地离开了餐桌。

(常秉智　编译)

吊人胃口

伯明翰一家旅馆的餐厅里，一群旅游者正在进晚餐，他们一面品尝美味佳肴，一面即兴谈天。一盆鱼端上来了，他们便七嘴八舌地讲起那些关于鱼肚子里发现珍珠和其他宝物的有趣故事。

一位老年绅士一直默默地在听他们的闲聊，终于忍不住也开口了：

"我已经听了你们每个人所讲的故事，现在该我讲一个了。我年轻的时候，受雇于纽约一家大出口公司，像所有的年轻人一样，我和一位漂亮的姑娘相爱了，很快我们就订了婚。就在我们要举行婚礼的前两个月，我突然被派到伯明翰，去经办一桩非常重要的生意，我不得不离开我的心上人。

"由于出了些麻烦,我在伯明翰呆的时间比预期长了许多,当繁杂的工作终于了结的时候,我便迫不及待地准备返家。启程之前,我买了一只昂贵的钻石戒指,作为给未婚妻的结婚赠品。

"轮船走得太慢了,我闲极无聊地浏览着驾驶员带上船的报纸。突然。我在一份报纸上看到我的未婚妻和另一个男人结婚的启事,可想而知,我当时受到了怎样的打击。我愤怒地将我精心选购的钻石戒指向大海扔去。

"几天后我回到了纽约,在一家旅馆里,我闷闷不乐地吃着晚饭,鱼端上来了,我心烦意乱地塞进嘴里,嚼了几下,忽然牙齿被一个硬东西咯了一下。先生们,你们可能已经猜出来了,我吃着了什么?"

"戒指!"周围的人一齐说。

"不!"老人凄凉地说:"一块鱼骨头。"

(小 棣 编译)

悬念迭出

一天傍晚,有几个好朋友在一起讲故事。大伙都讲了,可其中有个小个子只是听别人讲,自己却一言不发。

后来,大家希望他也能讲一个故事,他想了一会儿,说道:"好吧,不过我要讲的可不是一般意义的故事,而是一件真人真事,这件事也是我亲身的经历,而且妙在它就在今天下午刚刚结束。"

大伙一听,挺感兴趣,都迫不及待地推他快讲。于是,他就讲开了。

两年前,这个小个子住在伦敦的奥尔蒙特大街的一间旧屋子里。那屋子很潮湿,墙上尽是大大小小的潮斑,其中一块很像一个人的面孔。每天早上他醒来时,第一眼总是看到这块人头像一样的潮斑,久而久之,他开始想:这会不会是一个真人的头像? 这个人是不是也曾住过这个屋子? 怪就怪在别的潮斑时隐时现,或者改变形状,而这块潮斑却从不消失,也不改变形状。

一次,小个子病倒了,躺在床上,越看越觉得这块潮斑像一个真人的面孔,而且脸型古怪得恐怕在一千个人中也难找出一个。

过了些天,小个子病好后,走在街上,就不知不觉地在寻找这张面孔,并且开始到男人们集中的地方去找,不管是会场、球场还是车站,凡是人多的地方,他无所不至。

一天他终于找到了这张面孔,这个人正坐在一辆出租汽车里,出租车沿着伦敦一条名叫皮卡迪利的繁华大街向东驶去,他马上也跳上一辆出租汽车,尾随于后,紧跟不放。那车子开到伦敦市中心区的查林·克罗斯火车站停住了,小个子也赶忙下车,冲上月台,发现那人正和两位女士和一个小姑娘在一起,他们要去法国。

没等他上前搭话,他们已上了火车,他只得也去买了一张去福克斯通的火车票,可是当他到了福克斯通,他们已经上了轮船。

他不甘心失败,决心渡海跟踪,一起去法国。船开了不过半小时,那个人和小姑娘一起到甲板上来散步了。他怀着忐忑不安的心情走上前去,问道:"您是否能给我一张您的名片? 我有个十分重要的原因要和您谈一谈。"

那人显得有点莫名其妙,但还是答应了他的请求。

他紧紧握着名片,跑到船上一个清静的角落,只见名片上面写着:姓名:奥尔蒙特,地址:美国匹兹堡。他看到这,忽然两眼一黑,便什么也不知道了。当他醒来时,已躺在布隆的一家医院的病床上了。他在那家医院住了几个星期就回到了伦敦那间老屋子。

　　他回到了老地方,就开始尽力收集那位名叫奥尔蒙特的美国人的材料。并写信给匹兹堡,打电话给新闻界的朋友……但他所得到的情报只知道此人是个百万富翁,父母是英国人,也曾在伦敦住过。

　　谁知早晨他起床时看到墙上的潮斑映出的面孔,昨天晚上还十分清晰的头像,此刻却突然模糊不清了。

　　他伤心地走出屋子,买了一张报纸,上面赫然写着一条消息:匹兹堡的百万富翁奥尔蒙特先生昨晚参加晚会后,从意大利的斯佩西亚返回比萨途中不幸发生车祸,奥尔蒙特先生生命垂危。

　　他急忙回到屋子里,突然发现,这个头像完全消失了。他赶忙去打听,听说那位富翁死了,而且恰恰是在那墙上的头像消失的时刻……

　　小个子故事讲到这里,大伙齐声喝彩:“太精彩了,真是非凡的故事!”

　　“是的,”小个子得意地点点头,“我这个故事有三个非凡之处。其一,我屋子里的头像居然和美国大富翁一模一样,而且他的健康与死亡又和头像的存在与消失息息相关。现代科学对这一现象做不出任何解释。其二,富翁的名字和我住的街道同名。”

　　小个子说了两点,就立起身告辞了。当他走到门口时,大伙急切地叫住了他,问他第三点非凡之处是什么。

　　“噢,”他一边开门一边说,“真对不起,我刚才忘说了,那第三点非凡之处在于,这个故事是我在半小时之前才编出来的。”

(吕　俊　编译)

快来救火

诗人斯克尔顿有一次去赴宴,他喝了不少酒,吃了不少咸肉。因为天色已晚,回不了牛津,便住在一所小客店里。

半夜时分,斯克尔顿口渴得要命,就大喊伙计要水喝。没有人睬他,他又喊自己的马伕,马伕也没听到他的喊声。"天哪,我快要渴死了,该怎么办?"斯克尔顿灵机一动,大喊道:"救火!救火!"这一下全店乱成一团,大家都起来了。

斯克尔顿继续高声大喊:"救火!救火!"最后,他的马伕和一群伙计端着蜡烛走进了他的房间,大家问道:"火在什么地方呢?我们怎么看不见呢?"斯克尔顿用手指着自己的喉咙说:"火在这儿,火在这里面,快给我端水来,扑灭这里的火!"

(佚　名　编译)

妻子治懒

平诺是个海员，喜欢喝酒。

这天他出海归来，在一家小酒馆里喝酒，酒后失态，无意打了一个红头发的警察。其实，那个警察只是被打倒在地，并没有受伤，但平诺吓坏了，没待警察站起来，便慌慌张张地逃回家中。

他妻子觉得很奇怪，问他是怎么回事，平诺不得不把实情告诉了她。

他妻子喊道："什么，什么？把警察打了？天哪，如果他们抓到你的话，你就得坐半年班房。好在过两个星期你又要出海了，出海前，你就呆在家里吧！"

平诺说："那你明天出去买份报纸来，看看这事儿有没有登报。"

第二天,他妻子果然拿回来一张报纸,煞有介事地翻阅着。忽然,妻子惊恐地叫起来,平诺吓得结结巴巴地问:"什……什……什么事?"

妻子知道平诺大字不识一个,便向他挥挥手,让他别出声,然后就读起来:"昨晚,在梭河酒馆,有一位警察被一个水手打翻在地,警察头部严重受伤,当即被送往医院。警察说,他能认出打他的那个人,并已对他的外貌做了详尽的描述。"

平诺咕哝着说:"呀,是真的吗? 这可怎么办呢?"

他妻子说:"别担心,呆在家里,你保险没事。不过,你总呆在家里会引起左邻右舍怀疑的。"

平诺着急地问:"那怎么办呢?"

他妻子想了想,说:"这样吧,你可以把厨房的天花板刷一下。"

平诺皱了皱眉头,因为他讨厌干所有的家务活。他呆呆地想了一会儿,想不出更好的办法,只好叹一口气,站起身来。就这样,他闷闷不乐地刷了一天的天花板。

这以后的三天里,平诺按照他妻子的吩咐,很卖力地在家里干活。他妻子照例每天给他读报纸,告诉他警察局继续在查找他。

这样又过了两天,周围的邻居对平诺的突然变化大加赞赏,尤其是那些太太们,都称他为模范丈夫,让自己的丈夫把他奉为楷模。

一个星期以后,平诺再也忍受不了这种沉重的劳动了,他说:"我已经干够了,我要出去走走!"他把小胡子刮掉,又换了外套。正要与妻子道别,忽见她一脸惊恐的神色,平诺的心一下子又抽紧了。

"出了什么事?"平诺焦急地问。

他妻子悲伤地说:"他已经死了!"

"死了?"平诺简直不敢相信自己的耳朵。

他妻子拿起报纸读起来:"一个星期前被一个水手殴打的那位不幸的警察,昨天晚上平静地死了,妻子和儿女都守候在一旁。"

平诺听了大惊失色,任何外出的念头都打消了,于是,他妻子又设法给他找些活儿干。一个星期以后,平诺家的房屋收拾得焕然一新。

平诺出海的日子终于来临了。清晨,平诺鼓起勇气,刚拉开房门,正好一眼看到那个红头发警察经过家门口,平诺吓得一头栽倒在地,脸色发白,浑身颤抖。

他妻子安慰他说:"别胡说,你看花眼了!"

"不,我看得清清楚楚。我现在就立刻上船去,或许等我再回来时,那个鬼魂就不在了。"说完,平诺背起行装,慌慌张张地看了红头发警察的背影一眼,然后以最快的速度朝着与他相反的方向跑去。

这时候,平诺的妻子再也忍不住了,捂着肚子哈哈大笑,笑得眼泪都流出来了。原来这一切都是假的,妻子抓住平诺胆小怕事的弱点,叫他干了整整两个星期的家务活,乘此机会治一治他的懒病!

(凌　天　编译)

巧避灾祸

　　格兰森是一位又聪明又能干的女厨师。有一天,主人说:"格兰森,我今天请了几位朋友来吃晚餐,给我烤两只鸡,这是你的拿手好戏。"格兰森回答:"主人,那不成问题,我马上动手。"

　　她去杀了两只又肥又嫩的小鸡,去了毛,开了膛,上好佐料,比平时格外用心,她要在客人面前显显自己的手艺。

　　下午,格兰森把鸡插在烤肉叉上,放在火上烤了起来。她仔细观察火候,把鸡烤得肉色焦黄,外脆内酥,可是客人还没有来。她找到主人说:"如果烤的时间太长就要焦了,那样的鸡给客人吃,可要丢脸的。"

　　主人说:"那我就去把他们叫来。"说着,就出门去了。

　　主人刚转身离开,格兰森就把肉叉搁在一边,心想:我在火边整整站了一个下午,快要渴死了,何不喝点葡萄酒呢?

喝完酒,她又把鸡放在火上烤,往鸡身上涂奶油,然后用力转动烤肉叉,两只鸡在火上烤得"吱吱"作响。她用手指蘸了蘸,放到嘴里尝了尝,叫道:"真香的鸡啊!现在没有人来吃可真是罪孽!"

她跑到窗口,看主人和客人来了没有,可是没有一个人影儿。她回到火旁,两眼盯着烤鸡,想道:这只鸡的翅膀有点焦了,我最好把它吃掉。她把那只鸡翅膀割下来,没有几口就下了肚。鸡的味道真好,她不由得把另一只翅膀也割下来,吃进了肚子里。

吃完两只翅膀后,格兰森依然不见客人上门。

"谁知道呢?"她自语道,"也许客人不来了,或许他们留主人吃晚饭了,这样主人就不会回来了。嘿,两只鸡翅膀吃得我又口渴了,我得再喝点酒。"

格兰森又喝了一大壶酒,坐下来大嚼特嚼,津津有味地吃起烤鸡来。

现在只剩下一只鸡了,主人还没有回来。格兰森两眼盯着烤鸡,最后说:"这两只鸡是一起长大的,一只去了什么地方,另一只也该去什么地方,这样就公平合理了。我相信,还是先喝点酒,这对我有好处。"

第三次喝酒给了格兰森更多的勇气,她把第二只鸡也吃掉了。

这时,主人回来了,一进门就说:"快点儿,几分钟内客人就来了。"

"是的,主人,我很快就准备好了!"

主人看见台布已经摆好,一切都已就绪,就拿起大餐刀到走廊的磨刀石上去磨刀,等客人来了好割肉。

主人正在磨刀的时候,客人来了,轻轻敲门。格兰森跑去开门,她只开了条门缝,把手指捂在嘴唇上,对着客人的耳朵小声说:"别作声,赶紧跑,能跑多快就跑多快,要是让主人捉住,你们可就倒霉了,他请你们来吃饭是假,要割你们的耳朵是真,你们听,他正在磨刀呢!"

客人们果然听到磨刀声,吓得掉头就跑,一转眼就不见了。

格兰森见状,跑到主人面前,尖声高叫:"您请来的好客人!"

"怎么搞的,格兰森,你这是什么意思?"

"他们刚刚进门,看见我端着两只漂亮的烤鸡,就抢了鸡跑了!"

主人大喊一声:"岂有此理!"连餐刀都忘了放下,就出门去追。

客人们见主人手提刀子追来,跑得更快了。

主人急了,高声喊道:"只要一只,给我留一只就行了。"

客人们以为他是只要一只耳朵,于是两手捂着耳朵,边跑边喊:"一只也不给!"

(李　民　编译)

难 言 之 隐

　　哑巴吃黄连,嘴里说不出,可心里却一清二楚。

富人寻女

　　故事发生在日本某地一个高级住宅区里，这里有一处宽大的院落，住房建筑十分考究，院里鸟语花香，绿树成荫。这所院落的主人，是个上了年纪的老人，此刻，他正在客厅里踱来踱去。他的旁边，站着一个中年人，满脸堆笑，低头哈腰地嘴里一再重复唠叨着："您千万设法给我找点事儿干干吧！求您了。"原来这中年人是老人过去的一位邻居，最近经营服饰店破了产，来找老人要求帮助。

　　老人停下步子，若有所思地看了他一眼，开口说道："这样吧，看在咱们是老邻居的份上，我还真有点事要麻烦你。我想找一个人，你能帮我的忙吗？"中年人迫不及待地说道："请说吧，我一定为您效劳。"老人的脸上显出一种十分痛楚的神情，断断续续地对中年人说起来。原来，二十年前，老人曾经跟一个女人生下了一个可爱的小女孩，可遗憾的是，孩子生下不久，老人就与这位女人分手了。一年以后，女人离世而去，孩子便下落不明。老人每每想起这件事，就睡不安稳。

中年人听后惊异万分，他怎么也没料到老人居然还有这么一段艳史。"我如果真把她找回来，你打算怎么办？""我把房子连同财产都留给她！""什么？这幢房子……"中年人不由打量起这房子里那些豪华而又精巧的摆设，那些价值连城的古玩，他流露出羡慕不已的神情，说："您是说，这么大的府邸都留给她？这孩子有福气呀！"

老人缓缓地在沙发上坐了下来，痛苦万分地继续诉说着他的思女之情，并且告诉中年人，这女孩子的左手没有大拇指，臀部上有一大块烧伤的疤痕，这两处特征都是孩子生下来不久相继发生意外事故所造成的。"唉，如今孩子长成个大姑娘了，为此一定也很苦恼，真可怜啊……怎么样？你试着帮我找找看吧，花点时间没关系，调查所需费用我每周支付，事成之后一定……"

"明白了。"中年人打断老人的话，"这么大的事您肯托给我办，我可是做梦也想不到的。我一定为您找到小姐，请放心吧！"说完，中年人兴奋地告辞而去。

一晃几个月过去了。这天，中年人来到了老人面前，激动万分地喊道："我终于可以向您交账了。"奇怪的是，老人听了这消息，却一点也不激动，他声调平静地说："是吗？我可没想到你还真能把我女儿找出来，而且会这么快。"

老人顺着中年人手指的方向望去，只见门旁站着一位姑娘，那姑娘见了老人，神情显得十分紧张。中年人把姑娘拉进房里，催促着说："听着，孩子，这就是你的父亲，快把左手伸出来，给你父亲看看。"姑娘犹豫了一下，战战兢兢地把左手伸了出来。老人一看,果然没有拇指!他惊呆了。中年人接着又说:"至于小姐臀部那一大块烧伤的疤痕,我太太看……"

"免了,免了。"老人打断了中年人的话,递给中年人一叠钞票,说:"真难为你了!为找这姑娘,你一定辛苦了。喏,这是我给你的报酬。""那我就不客气了。说真的,没有比这再高兴的事儿了!你们父女俩好好互诉衷肠吧,我告辞了。"中年人说着,向那个姑娘使了个眼色,转身准备离开。

就在这个时候,老人喊住了他:"哦,你如果回家的话,请把这姑娘也带回去吧!""什么?"中年人吃惊地收住脚步。"实说了吧!我根本没有什么私生女儿。当初我想,平白无故给你钱,一定会伤害你的自尊心,所以我只好凭空编出点事儿让你干干。没想你还真给我找出这么个姑娘来!"老人说完,注视着没有左手拇指的姑娘,那布满皱纹的嘴角泛出一丝微笑,这微笑里夹杂着爱怜和嘲讽。因为老人刚才在说话时,已注意到姑娘没等他把话说完,已经泪流满面。她原本是一个五指健全的姑娘,是中年人的外甥女儿,可现在却成了个残疾人……

（金小林　编译）

父子颠倒

　　这天中午,一枚银白色的火箭穿过大气层,冲破厚厚的云层,一个紧急制动,便轻轻地停落在飞船发射场。三十岁的宇宙航行员多布金一跃从座舱跳到了草坪上。他就是世界上第一个坐超光速宇宙飞船的人!只见他谦逊地接过欢迎者献上的一束束鲜花,听完他们那一篇又一篇热情洋溢的贺词,随后便迫不及待地告别欢迎的人们,回家了。

　　离家四十年了!要知道,乘宇宙星际火箭飞行一个月,地球上已过去十个春夏秋冬。多布金在宇宙飞船整整呆了四个月,这回走在街上一看,故城当然变得难以相认了。不过,幸好街名没有变,楼房还在原来的地方。经路人指引,多布金终于找到了自己的家。他激动地按响了门铃,不一会儿,门开了,出现在多布金眼前的,是一个陌生的老头,身着长衫,脚穿拖鞋。

花束从大感意外的多布金手中掉到了地上,"请问,您是……""对不起,"老头以一种十分威严的语气打断了多布金的问话,"如果您是为考试而来,那就请原谅,我不再接待了。我退休已快一个月了。"看起来,前阵子找老头补课应考的青年人一定不少,瞧他这神气!可多布金不甘心就这么离去:这是我的家呀,父亲就是搬走了,我也得问清楚他搬哪儿了。

多布金很有礼貌地朝老头微微一笑,说:"对不起,很久以前,我就住这儿,这儿是我的家……""什么?"老头叫了起来,好像受到戏弄一般,"你,一个年轻小伙,还谈很久以前,开什么玩笑,这是我的住宅!你往这儿看。"他指指门上面的一个小牌牌,那儿写着:多布金教授住宅。

"多布金教授?"多布金疑惑地望着眼前这个老教授,只听老教授还在嘀咕:"千真万确,我就是在这个住宅度过一生的。我生在这里,长在这里……"

突然老教授停住不讲了,一种令人惊诧的猜疑在他脑海中一闪而过:莫非他就是传闻这几天回地球的超光速宇航员?"等等……您的名字?"老教授问道。"符谢伏拉特。""您的父名?""彼得洛维奇!""爸爸!"老教授大喊了一声,一下子便扑了上来,抱住了多布金的脖子。多布金又激动又感到突然,紧紧拥抱着老教授,喃喃道:"我的儿子,我没有想到,你就是我儿子!"地上四十年,天上只有四个月,难怪儿子已经满头银发,爸爸却依然那么年轻。

父子俩手拉手走进了客厅,他们说呀笑呀,天上地下扯个没完,双方都激动万分,不能自抑。不知不觉,黄昏临近了,白发苍苍的老教授突然说话吞吞吐吐起来:"爸爸,如果我现在讲出一件事来,您不会因此而生气吧?""那……"年轻的父亲说,"要看是什么事。""不,您要先答应我,您不生气。""您到底干了什么事？是把窗子上的玻璃打碎了，还是同谁打架了？""不，比这要严重得多……""好了好了，别再让我猜了，到底出了什么事？"老教授这才慢慢说出来："爸爸，我……我结婚了。"

多布金一听，哈哈大笑："好哇，儿子结婚不同父亲商量，现在却让父亲默认既成事实。现今的年轻人呀，真是……""爸爸，好爸爸，您别生气。"老教授急得连连摆手："阿叶奇佳是位光艳照人的姑娘，不过现在她也退休了。我和她互敬互爱，已经度过了三十多个春秋。您见见她吧，我立刻叫她回来。"

一刻钟后，阿叶奇佳一阵风似地冲进了屋子。这位个子不高、举止灵活的老太太，在得知来人和她的关系之后，便显得有点羞怯不安了。"请您原谅，符谢伏拉特·彼得洛维奇，这事木已成舟……""什么彼得洛维奇、彼得洛维奇的，"多布金假装生气了，"你也干脆叫我爸爸好啦！"老太太激动得赶忙将手伸进皮包掏手绢，老教授感激地说道："这么说，爸爸，您不责怪我们了？""有什么可责怪的！你们就亲密相处好啦。"

阿叶奇佳一边收拾着床铺，一边兴高采烈地唠叨着："爸爸，您路上累了，现在先休息一会吧，我们把孩子叫回来，他们将会非常高兴的，要知道他们和您年岁相仿，情趣相同……"说到这儿，老教授夫妇俩乐得哈哈大笑起来。

然而多布金这回却没有笑。天哪！祖父和孙子年岁相仿。长此以往，他住在什么地方？去干什么好呢？聪明的儿子仿佛猜中了他的心思，便走过来安慰他："您就同我们住在一起吧，爸爸，地方是挤一些，但我们不会使您受屈""可在这儿人家不会给我进行登记呀！我离开这儿已经很多年了……"老教授将妻子叫到一旁，同她低声讲了几句什么，随后走过来，拍了拍多布金的肩膀，一本正经地说道："您别担忧，爸爸。要不这样吧，我们认您为儿子好了……"

（王义虎　颜志侠　编译）

青瓷座钟

乔治和尼娜这对夫妻从报上看到一则星期五大拍卖的广告,尼娜对乔治说:"我对大拍卖很感兴趣,不过我星期五要上班,你去吧,乔治,你正好有空。"乔治答应了。

星期五这一天,尼娜去上班,乔治便上了大拍卖市场。

有一台非常漂亮的青瓷座钟正待出售,乔治心想:这座钟可以考虑,尼娜和我正需要一台好座钟。乔治挺爽快地花了十块钱,买下了这台钟,心里非常高兴。

乔治将钟拿回家,把它安放在起居室里。可是他突然发现钟的秒针不走了,乔治把座钟摇了几下,针又走动起来……然而,一会儿又停了下来。乔治懊恼万分:原来这是一台好看不好用的蹩脚座钟。唉,白花了十元钱。

乔治只好把钟拿到钟表修理匠那儿。

"这是台好钟,"修理匠说,"我可以把它修好,你只要花十五元钱。"

"十五元?"乔治摇摇头,不干,他决定把钟拿回拍卖市场。

已是吃午饭的时候,乔治问拍卖商:"请问,我能把这座钟卖掉吗?""我没有把握,"拍卖商回答,"不过下午我可以试试看,就交给我吧,四点钟左右,请你再来!"

下午四点,乔治准时来到拍卖行,拍卖商说:"我把你的钟卖了二十元钱。"

乔治高兴极了,他从拍卖商手里接过钱,立即返回家去。

尼娜已经下班回来了,乔治兴奋地说:"告诉你一个好消息……"话音未落,尼娜抢先道:"可是亲爱的,我将会使你大吃一惊。你看,我买回什么好东西了?"她神采飞扬地把放在桌子上的一包东西打开,乔治的眼睛瞪出来了——一台青瓷座钟,就是送回拍卖行的那一台。

满屋子都是尼娜得意的声音:"我今天早下班,连忙赶到拍卖市场,你看,运气不错吧,只花了二十元钱,就买到了这东西,我们可是想了好久了!"

"你的好消息是什么呢,乔治?"尼娜问道。

没有回音,乔治一脸沮丧。

(陈光汉　编译)

一错再错

艾伦和杰克是一对准备结婚的恋人。

一天下午，艾伦和杰克驾驶着一辆崭新的小轿车来到他们刚租下的公寓门前，随后他俩从车尾厢里抬下一只二十四英寸原包装彩电。杰克是一个见了球就想踢几脚的球迷，他心急火燎地对艾伦说："亲爱的，咱们动作快一些，赶快把彩电搬进去，要不然，就买不到今晚冠亚军决赛的球票了！"

……忙完活，杰克大步流星地从公寓里走了出来，一边瞧着手表，一边朝停放小轿车的方向奔去。因为球场在五十公里外的郊区，如果现在还不及时赶到那里，那就会连最差座位的球票也难以买到。

不料，杰克跑到刚才停放轿车的地方，他傻眼了，原来他的小轿车不见了！他急忙往四下张望，只见那辆小轿车往东一个急拐弯，顿时消失得无影无踪。杰克气得挥拳跺脚，他刚要拔腿到警察局报案，转念一想：不行，去一趟警察局，非耽误了买球票不可。他寻思再三，决定先去买球票，随后再去报案。可是等他截到一辆出租汽车赶到球场时，球场售票处已挂出"售完"的红招牌。杰克气得七窍冒烟，拳头攥得"格格"直响，只好重新叫了辆出租车回家。他心里已拿定主意：一定要好好报复这个偷车贼！

出租车开到家门口，杰克气呼呼地跳下车，一脸怒气地朝公寓大门走去。突然他眼睛一亮，咦，那不是自己那辆被盗的小轿车吗？他忙朝停放小轿车的地方奔去，只见驾驶座位上放着一只信封，他打开信封一看，里面有一张纸条，上面写着几行小字：先生，对不起，我搞错了，误把你的车当成我的车，为了弥补你的损失，特送上今晚两张主席台的球票，望笑纳。杰克看完，兴奋得手舞足蹈，心想：真是因祸得福，不仅有了球票，而且是最上等的！想到这里，他连奔带跑地直朝公寓大楼里跑去，他要让艾伦赶快准备，带上望远镜、小喇叭和足球俱乐部的旗帜，趁早去球场占个好座。

这真是一场名不虚传的世界第一流的球赛，杰克有生以来还没有这么近距离地目睹球星们的精彩表演。每出现一个好球，杰克就兴奋地叫上几声，还情不自禁地猛拍艾伦的大腿。球赛结束，杰克的嗓门叫哑了，艾伦的大腿也被他拍得通红。

他俩心满意足地回到家里，还没掏出钥匙，艾伦发现房门是虚掩着的，她一声尖叫："不好，有贼！"杰克一个箭步冲进去，只见空荡荡的房间里，放在中间的那只二十四英寸彩电不见了。杰克摇摇头，两手一摆，说："这个贼太高明了，来个调虎离山计……""哦，我的天，彩电被偷走了，快去报告门卫！"艾伦拉开房门就朝楼梯口跑去，不料她刚跑出房门，腿就被绊了一下，她低头一看,嘿,竟是那只彩电纸箱。

尾随在后的杰克也觉得奇怪,他俩忙把纸箱拖进屋里。艾伦迫不及待地打开纸箱,一看,呆住了,原来纸箱里装的不是二十四英寸彩电,而是杰克过独身生活时用过的一堆不值几个钱的破足球鞋!

这时,艾伦从纸箱里又发现了一封信,上面写着几行熟悉的字体:先生,对不起,又搞错了! 请您在明晚八点整,在楼下第三棵松树下,放五十美元球票钱,拜托了!"

（张　励　编译）

寻找凶器

　　汤姆·诺斯和露易丝是一对令人羡慕的夫妻,他们结婚已有4年了,丈夫诺斯英俊能干,在市警察局刑侦科工作;太太露易丝美丽温柔,婚后辞去工作,专门照料家庭。

　　这天傍晚,露易丝一边等待着丈夫下班回家,一边在缝纫机旁为即将出生的孩子做着衣服。当时钟"当当……"敲了6下时,门外传来汽车刹车声,露易丝知道是丈夫回来了,马上站起身。还没等她走到门口,诺斯先生已经推门走了进来,露易丝一抬头,见丈夫神色疲倦,心神不宁,一副忧虑重重的模样。

　　露易丝迎上前去,说:"你回来了,亲爱的。今天我们去哪家餐厅吃晚饭?"诺斯先生未作回答,皱着眉头在沙发上坐了下来。露易丝以为丈夫累了,关切地说:"我们今晚在家里吃饭算了,亲爱的,你坐着歇一会儿,我这就去为你准备晚餐。"她边说边转身要进厨房。

诺斯先生终于开了腔:"你别走,露易丝,我有话跟你说。"露易丝有些吃惊地问:"出了什么事?""是这样的……"诺斯先生低着头,吞吞吐吐地把事情说了出来。原来,他有了外遇,他要离开这个家,离开露易丝。

露易丝就像当头浇了一盆冰水,木然地站了起来,走进厨房,耳边似乎还响着刚才诺斯最后说的几句话:"我不会忘记我们俩在一起度过的幸福时光,你也不用出去工作,我会按时送钱来的,当然我也会时常来看望你和孩子……"露易丝真是伤心透了,她怎么也没想到诺斯会干出这种事来。她不知不觉地走到冰箱前,打开门,从里面取出一只羊腿,这是她丈夫最喜爱吃的。她拿着冻得像铁锹一样硬的羊腿走进客厅,想征求丈夫的意见,怎么烧煮,她想以此尽力挽留丈夫。

诺斯头也不抬地说:"你别忙,我不在家吃饭,一会儿我就要出去。"

"他这么急于离开我!"露易丝一股热血冲向脑门,她不假思索地举起羊腿,向诺斯的后脑壳砸去,诺斯挨了一家伙,一声未吭,就像一只软绵绵的包裹,"啪"地一声倒在地上。

这时露易丝猛然清醒过来,她扔掉羊腿,扑倒在丈夫身上,她心里在狂喊:"我杀死了他,我杀死了他! 我是那么爱他。他死了,我一个人活在世上还有什么意思!"她跌跌撞撞地走向电话机,手刚触到话筒,腹中的胎儿蠕动了一下。露易丝犹豫了,心想:我不能去投案,我要是坐了牢,孩子咋办? 她拿起羊腿走进厨房,把它放进烤箱中,然后走进卫生间,洗干净手,对着镜子努力做个笑脸。她反复练了几次,待觉得自己笑得自然了,才拎起包,锁上门,上街去了。

露易丝来到一家杂货铺,她微笑着一边和老板闲聊着,一边拣着蔬菜。等拣好土豆和豌豆后，付了钱，拎着包慢慢往家走。她边走边一遍遍对自己讲："我这是买菜回去，烧晚饭给我丈夫吃。万一我回去看到什么意外，我准会惊慌失措的……"

她走上台阶，打开门，一眼看见她丈夫躺在客厅的地板上，她扔掉包扑过去，号啕大哭起来。她根本不用假装伤心，她原本是那么爱她丈夫，此刻，丈夫对她的种种恩爱一下子都涌上了心头。她哭了足有五分钟，才想起来打电话，她拨通了刑侦科——也就是她丈夫办公室的电话，一听见她丈夫上司克拉克的声音就哽咽着喊道："快来啊，快来人啊！汤姆被人杀了！"

10分钟后，刑侦科长克拉克带了几位助手走进客厅，露易丝哭泣着对他们说，她丈夫回家后，准备一起出去吃晚饭的，可她丈夫太累了，所以她临时准备晚饭，将羊腿放进烤箱后到杂货铺买土豆，回来时发现她丈夫倒在地上……

几位侦探聚在一起窃窃私语。露易丝偶尔听到几句："……诺斯太太神情自然……没有可疑之处……"过了一会儿，刑侦科长克拉克告诉露易丝：她丈夫是被一种钝器打死的，只要找到凶器，破案就容易了。他详细询问了露易丝，家中有没有像铁锹那样的东西。"好像没有，"露易丝说。"车库在哪儿？""在外面。"露易丝边回答边走进自己的房间。

于是，克拉克带着几位助手去车库查看。没多久，露易丝听见克拉克和他的助手们搜索完车库走了出来，显然他们并未搜到什么有价值的东西。又过了一会儿，露易丝听到克拉克在外面敲着房门喊道："诺斯太太，我刚才路过厨房，发现烤箱还开着，要不要我把它关掉？"露易丝想了一下，打开房门走了出去。

"克拉克先生，我想请你帮个忙，这只羊腿本来是烤给我丈夫吃的，现在他死了，你们是他要好的朋友，为了他的死还要工作到深夜，你们就把这只羊腿吃了吧，反正今晚我什么也吃不下。"见克拉克有些犹豫，露易丝又说："若是我丈夫知道我在家中不好好招待他的同事，他的在天之灵也不会原谅我的。"克拉克觉得盛情难却，再说他也确实饿了，也就不再客气，与助手一起走进厨房，享受起那只羊腿来了。

露易丝独自留在客厅里，倾听着侦探们的谈话。一个声音说："只要找到凶器，就好办了。"另一个声音说："我保证凶器还在屋里，说不定就在我们的眼皮底下……"露易丝听到这儿，想起那只已快被他们啃光了的羊腿，禁不住抚摸着隆起的腹部，凄惨地笑了。

两天后，正当克拉克和侦探们在讨论案情时，露易丝走了进来，她脸色憔悴，两颊凹陷，仿佛老了十岁。"克拉克先生，我是来自首的，我实在受不了啦……我丈夫是我杀死的！"克拉克和助手们惊愕万分。

"可是凶器……"

"凶器，被你们吃掉啦！"

（冬 梅 编译）

据理力争

　　从前,在得克萨斯有一条公共马车路线,它经过一座叫克姆敦的小镇。镇上有个小饭馆,马车经过克姆敦的时候,总在这儿停歇,因为赶车的和饭馆老板有默契,饭馆老板免费让赶车的吃饱喝足,赶车的则将一车乘客送进饭馆就餐。

　　按理说这也没什么不好,可饭馆老板心太黑,他想方设法要把赶车的白吃他的从乘客嘴上抠下来。所以每回乘客吃饭,总要等上大半天,老板才叫伙计上菜,而乘客们三口饭下肚,车就要上路了,于是就常常会留下整只鸡、整只鸭,老板就拿来招待下一轮顾客。老板一而再、再而三地耍这种花招,所以饭馆在这一带名声很臭。

　　这天傍晚,一辆满载着乘客的马车正驶向克姆敦。车上,一个男子对另一个北佬模样的人说:"咱们距离克姆敦只有五英里了。"

"真是太好了,"北佬说,"我已经饿得像猎狗一样了。"

"那我只有对你表示同情了,"那个人说,"我跟你一样饿得慌,但你看着吧,等不及咱们三口饭下肚,车又要上路了,这是那家饭馆的老花招。"

"管他花招不花招,"北佬说,"我反正要好好吃顿饭。"

"这一点也许没问题,"那个人说,"不过这样一来,你肯定坐不上车了。"

北佬挺有信心地望望大家,笑着说:"咱们打个赌怎么样?我相信我既能吃顿饱饭又耽误不了坐车。要是做不到,我就请在座的各位吃晚餐。"

那个人一听就笑了,说:"真不好意思让你破费,不过我敢打这个赌,因为我对这家饭馆太了解了。你还可以在赌注里添上雪茄和甜酒,今晚咱们会来得及享用一顿真正的晚餐。"

果然,车到克姆敦时,为这班车旅客做的晚饭还没有准备好。等到饭菜上桌时,一个伙计把住门口,乘客们每人先付钱,然后才进去吃饭。可是,刚刚咽下几口,饭馆老板便大喊大叫闯了进来,说是马车已经套好,马上就要上路,因为邮件已经晚点,赶车的不肯再耽搁半分钟了。

乘客们慌慌张张地冲出门去,当然没有谁愿意被丢在克姆敦。只有那个北佬例外,他仍旧坐在原处,继续吃他的饭,一口又一口,他以惊人的速度让美食佳肴顺喉而下。

"你要误车了,朋友。"饭馆老板瞪着眼睛提醒他。

"没关系。既然交了钱,我就不能白交。"北佬一边说,一边抓起别的乘客动也没时间动的一只火鸡,津津有味地啃了起来。外面,公共马车已经上路了,马蹄声渐渐远去,可北佬依然坐得稳如泰山,吃得有滋有味。

过了一会,他对老板说:"我想我得来杯牛奶,再加几片面包。"老板无可奈何地耸耸肩,只好照办。

"非常感谢,"北佬说,"不过我想我需要一把汤匙来吃这玩艺儿——我总不能用手指头来舀吧?"

"汤匙?"老板的眼珠瞪得差点儿掉了出来,因为他发现刚才桌上还明明摆着十来把汤匙,而且是真正的银质汤匙,可现在竟连一把都不见了,只有一把咖啡壶,孤零零地放在桌子中央。老板吼了起来:"这帮下流的偷儿,我饶不了他们!"

"哦?也许是这样,"北佬说,"可这也不能全怪车上的那些乘客,对不对?谁愿意交了饭钱却什么都没得到就走呢?"

"天打五雷轰的!"老板吼道,"看我怎么收拾他们!"话音未落,人已冲向马厩。

约莫过了半个钟头,当北佬已经把桌上的食物点滴不剩地消灭完后,只见那辆马车"得得得得"地回来了。北佬站起身,打了个饱嗝,伸伸懒腰,踱出门外,爬上马车,跟他的乘客们坐在一起。

"等等!等一等!"饭馆老板叫道,是他追回了马车,还搬来了警察局长。

过路人都聚拢来看热闹。饭馆老板朝着北佬嚷道:"我要你指出那些偷了我汤匙的贼。现在我请来了警察局长先生,他们会叫这伙盗贼清醒过来的。"

"哦,先生,"北佬拖着长音说,"我想如果您往您那咖啡壶里瞧,您大概可以找到那些汤匙。看来是您闹误会了。再见,非常感谢,我付了五角钱就能吃得这么好,这对我来说可是从来没有碰到过的。您千万不要把这件事告诉下一班车的人啊!"

马车又上路了,赶车的骂骂咧咧,因为晚点了。乘客们开怀大笑,被远远地抛在后面的是那个暴跳如雷的饭馆老板。

(羊本荣 编译)

奶油烤鹅

维蒙村小镇上，一家小杂货店老板生性幽默，好开玩笑。有一年冬天的一个傍晚，他正准备关门，忽然，透过窗玻璃，看见小偷塞恩悠悠荡荡走过来。只见塞恩左右一看，飞快地闪进店内，从货架上偷了一磅鲜奶油，藏在帽子里。店老板看在眼里，不叫不喊，悄悄走过去，随手把门关上，便若无其事地用手拍打着肩上的雪。

这时小偷奶油已偷到手，打算离开店堂。

店老板客气地对他说："来，塞恩，坐一会再走。我想，在这种下着大雪的晚上，少许喝点热酒，总不至于有什么害处吧。"

这下小偷倒有点犹豫了。他想：那块奶油藏在帽子里，得赶快离开为妙；可白喝点热酒暖暖身子，也有着很大的诱惑力。他正迟疑时,店老板已抓住他的肩膀,把他按在一把靠火炉的椅子上,然后自己拿过一张凳子,坐在他的对面。

"我们来喝点热酒。"店老板说,"要是不喝,这么冷的天气,等你走到家时恐怕都冻成冰棒了。"他一边说,一边打开炉门,把柴禾往炉膛里塞,直到再也塞不进了才住手。

小偷已感觉到那块奶油在渐渐地接近头发,他不想喝酒,跳起来要走。

"还是喝了酒再走,塞恩。来,我给你讲个笑话。"店老板说着,又把他推回到座位上。

"哎呀,这里太热了!"小偷说着又想站起来,"我还得回去喂牛,劈木柴。我一定得走了!"

老板一本正经地说:"你可不许连酒也不喝就走,塞恩。那些牛饿了自己会找草吃,一点小事用不着这么慌。嗯,塞恩,你好像有点心神不定呀。"

小偷见走不了,只得坐在那里。店老板慢腾腾地叫人端来两杯热气腾腾的热酒,说:"塞恩,我还要给你几片烤面包,你可以自己抹奶油。让我们为一只烤透了的圣诞鹅干杯。塞恩,你有没有吃过抹过奶油的烤鹅? 现在,尝尝你的奶油吧——我是说,尝尝你的酒吧。"

这时小偷头上冒着热气,呆若木鸡似地坐在那里,一条又一条细流从他帽沿下悄悄流下,围在脖子上的手帕已经被这些油渍渍、黏糊糊的东西浸透了。

店老板仍像没事一样,一边不停地聊着天,一边还往炉子里塞着柴禾,嘴里嘟哝着:"这鬼天气,真是冷得要命。"忽然他抬起头,很吃惊地说:"哟,塞恩,你好像还热得直冒汗呀,你为啥不把帽子脱下来呢? 来,我来帮你把帽子拿开。"

"不!"可怜的小偷再也受不住了,终于叫了起来,"不,我必须走了。让我走! 我觉得很不舒服,让我走!"

那油渍渍的奶油瀑布现在已经从他的脸上、脖子里流过,浸透了内衣,又顺着腰身、大腿、一直流到了靴子里。他现在是从头到脚都泡在奶油里了。

"好吧,塞恩,晚安。如果你坚持要走,我也不留你了。"当那个倒霉小偷冲出门时,店老板又加上一句,"喂,塞恩,我刚才给你开的玩笑还值点钱,所以你用不着为你帽子里那磅奶油付钱了。"

(甜　雨　编译)

弄 巧 成 拙

猪八戒涂花脸,颜料越多,越让人觉得倒胃口。

杰克请客

一天,杰克家里来了客人,他想招待得体一点,可又不愿多花钱,想来想去,便和妻子商量:"今天中午我们是不是用一只烧鹅招待客人?"

妻子惊讶地问:"还得用烧鹅?"

"当然只是讲讲,实际上只用一碟猪肝。"

"能行吗?"对丈夫的安排,连不大方的妻子也感到为难。

"不让你为难,你先在厨房里用力摔坏一只旧碟子,然后跑到餐厅来惊呼装烧鹅的碟子打坏了,要像真的一样,这样烧鹅自然也就吃不成了,客人也不好意思说什么了。"

"真有你的,杰克!"

到了中午,客人刚刚入座,就听见厨房"啪"一声响,随即传来女人的抽泣声。

杰克暗自满意妻子的表演,完全符合他的要求。他装成关切的样子,神色紧张地抱住了跑出来的妻子:"亲爱的,出了什么事啦?"

妻子十分委屈地答道:"碟子打碎了。"

杰克两手一摊,故作抱歉地叹了口气:"那,烧鹅吃不成了。"

"不,"妻子纠正道,"是装猪肝的碟子打碎了。"

(牛 荣 陈 军 编译)

自作聪明

斯基是个爱耍嘴皮子、摆弄小聪明的银行职员，结果被老板炒了鱿鱼。这天，他正在为找不到新的工作烦恼的时候，突然他的目光被一则招聘启事吸引住了：一所小学聘请一位算术老师，酬金从优。

斯基马上来到这所小学的教务长办公室。戴着深度近视眼镜的教务长，玻璃镜片后面闪着不信任的目光，打量了斯基一番，问："学校是要招聘一位算术老师，请问先生，用什么来证明您能胜任此职？"斯基眨了眨眼，便开口背起了乘除法口诀。因为他长期在银行干出纳工作，这些口诀背起来非常熟练。

正当他滔滔不绝地背口诀时，写字台上的电话铃响了起来，教务长拿起话筒一听，忙对斯基说："先生，您背得很精彩，不过算术老师已经找到了。"斯基一听，无可奈何地摇了摇头，叹了口气，离开了教务长办公室。

斯基刚走到门口，只见外面冲进一个面色苍白的教师，神情紧张地对教务长说："出大事了，一个四年级男生在二楼坏了扶手的楼梯上摔下来，跌断了胳膊，听医生说，可能还有严重的脑震荡，那就麻烦了……""现在已花费了多少？""已花费了1000元，可能至少还要缴5000元，如果家长找来，责任在校方，那么赔偿起来，就不止这个数了，可能几万，几十万的……"教务长不耐烦地打断了他的话头："好啦，你走吧，我会处理的。"

支走了教师，教务长一屁股跌坐在沙法椅里，心乱如麻，心想：这所小小的学校，如赔上几十万的，不垮才怪呢！但又有什么办法躲开这场灾难呢？

教务长正一筹莫展的时候，斯基推门走了进来，说："教务长先生，我可不可以为您效劳？保您不损一分一厘！"教务长一听，顿时来了精神，忙连声说道："好，好，你有什么妙计呢？""非常简单，也非常实用，不过你我应先签上合同，免得又要发生误会。"斯基说完，意味深长地对教务长笑了一笑。

教务长沉思片刻，说："当然啰，合同是一定要签的，不过在合同上一定要注明：你保证处理好这件事故，校方不拿出一分钱赔偿，那你就是我校职员。职务嘛，当一个教务长助理，工资每月3000元。如处理不好，仍要校方赔偿，那么所有赔偿的费用将由你负责，校方也不再聘用你。"斯基胸有成竹地一口答应。

等签完合同，教务长问斯基有何妙计，斯基眨了眨眼，说："很简单，只要在那个坏了扶手的楼梯口钉块'此处危险，严禁通行，违者后果自负'的旧牌子，下面注明日期是前三个月的，然后赶快找几个假证人，证明这个学生一向品行不端，不遵守校规、不尊重师长等等，这样就是告到法院，校方也不用害怕了。"教务长一听，顿时眉飞色舞，击掌笑道："妙计，妙计，看来我们真的要在一起工作了。"

斯基怀里揣着新签的合同，趾高气扬地回到家里，心想，哼！有人说我爱玩小花招，爱耍小滑头，不玩不耍，我能得到这份美差吗？他刚得意地想到这里，外面传来一阵敲门声，他一开门，只见教务长哭丧着脸站在门口。斯基吃惊地问："咦，您有事找我？"教务长一见到斯基也愣住了，半天才支支吾吾地说："怎么，你住在这里？""怎么住在这里，我是这一家户主！""那么博克是你儿子？"斯基一听，胸脯一挺，神气地说："那当然，他是我的宝贝儿子，又聪明，又老实，还是学校的优等生呢！"教务长默默地点点头，随后语调低沉而又坚决地说："我十分遗憾地通知你，博克现在正在医院里抢救，作为他的父亲，请你去照顾他，但同时你又是校方处理这一事件的代理人，请你按合同要求处理好这件事。"说完，教务长向斯基点了点头，转身消失在夜幕之中。

斯基呆住了，足足呆了五分钟，他才明白发生了什么事情，他只觉得一阵头昏，霎时间，感到天转地旋，绝望地大叫一声，瘫倒在地上……

（张　励　编译）

出乎意料

　　汉克最大的愿望就是使自己成为一个百万富翁,为此,他计划去抢劫银行。出于保险起见,汉克把全国所有有关银行抢劫的新闻报道都收集起来,作了精心研究,最后得出的结论是:百分之九十九的银行抢劫犯之所以失败,关键在于退路上。

　　于是汉克开始行动了。他天天去西部银行职员光顾的约翰酒巴坐坐,通过与他们闲聊,打听银行内部情况。一个星期以后,一个完整的抢劫计划在汉克头脑中形成了,他决定先用枪威胁出纳员把钱装进提包,然后在大厅里投掷一枚烟幕弹,趁混乱之机先装着跑向大门,再闪进右侧厕所,把面罩和提包外面的伪装扔进马桶内,用水抽掉,然后泰然自若地提着钱包去另一厅办存钱手续。此时,人们的注意力一定还集中在出纳员那儿,为刚刚发生的事情惊魂不定,谁也不会料到这个抢钱人居然没有逃跑,还会把抢来的钱存入银行。

汉克为自己的抢劫计划暗暗得意。圣诞节前夕的这天上午,汉克作了三次深呼吸后戴上面罩冲进了西部银行。他用平静的声音客气地对出纳员说:"我要纸币,不要硬币。"说着,将套了伪装袋的手提包从大理石柜台上推了进去。出纳员愣了一下,抬起头,突然发现一支乌黑的手枪正对着自己的脑袋,顿时脸色一下变得苍白,只好乖乖地把钱往提包里装。汉克接过装满纸币的手提包后,急忙扔出烟幕弹。

顿时,银行陷入一片混乱,警报随即响了起来。汉克知道,再过两分钟,警察就要赶到了,便急忙朝大门方向奔去,很快躲进厕所里。

厕所里空无一人。"好极了!"汉克轻轻地叫了一声,他拧动单间门上的手柄,想把面罩、伪装袋扔进里面的抽水马桶里,可是出乎意料的是,门推不开。他跳起来,又急忙拧动其他门上的手柄,可还是无济于事……见鬼!他急出了一身冷汗。直到这时,他才发现每个门上都写着这么一句"请投进10美分。"糟糕,此时汉克手上提着装了三百多张10万美元的纸币,除此而外身边一个硬币也没有。

"先生,在警察局上厕所是免费的。"一个声音在他背后响起,接着"咔嚓"一声,一名警察给他戴上了手铐,另一名警察从他手中拿走了提包。

汉克还是失败了。

(潘　容　刘剑明　编译)

不义之财

　　这天,在停车场边的一条长凳上,坐着一个衣着污秽褴褛,身体孱弱瘦小的男子,他名叫彼埃特,是个从不引人注目的人物。然而,他却有着一种特殊的本领,只要向四周的行人或车辆瞥上一眼,他就立刻能判断出哪些人粗心大意,哪些人谨小慎微。他是个偷盗的能手,作案的动作干净利落,轻巧敏捷,他能从人身后的裤袋里神不知、鬼不觉地掏出一个钱包,放进折好的报纸里,然后若无其事地继续沿街散步,他还常常把手伸进停放着的汽车里。

　　此刻,彼埃特虽说坐在长凳上在看报纸,但两只眼睛却"骨碌碌"四下转溜,寻找下手的机会。猛然,他看见一对年轻夫妇手里提着一只显得很笨重而却颇为精致的盒子向他这边走来。

他们走到离彼埃特不远的一辆汽车前停住了,彼埃特迅速用报纸遮住自己的脸,佯装睡觉。

这时,那对年轻夫妇的对话灌入了彼埃特的耳朵里。

"比尔,我不想把它放在车里。难道你这么放心吗?"女的说。

"傻话!这有什么不放心的?"男的答道,"我会把车门锁上的。我得喝点咖啡,吃点什么,填填肚子。天黑时,准能到达伊丽莎白港口的。"

"汽车在路上会不会出故障?还有,那东西会不会出什么意外?我真担心!"

这对年轻夫妇在继续谈论着。很显然,他们根本没有注意到彼埃特的存在,两人一路说着,向附近一家咖啡馆走去。

机会终于来了!彼埃特放下报纸,急切地望着夫妇俩穿过车水马龙的大街,走进了对面的咖啡馆。

此刻,停车场行人稀少,彼埃特尽管喜得如醉似狂,可是他还是竭力克制着自己激动的心情,装得漫不经心地一步步向汽车逼近。

彼埃特向汽车里瞟了一眼,瞥见了盒子,立即把手伸了进去。他还从来没有弄到过这样一份"厚礼",所以很兴奋,他急促而又熟练地用报纸把盒子包起来,又敏捷地脱下上衣,盖在上边,擦掉了车门上留下的指印,才不慌不忙地迈着方步走开了。这一切干得干净利索,不留一点痕迹。

彼埃特住在离停车场很近的一个贫民区,他在那里租了间破烂不堪、年久失修的房子。由于"职业"的需要,他对那儿的左右邻舍一概不招呼,不结识。

这时,彼埃特怀里揣着那只精致的盒子,走到自己的房子前,开了门,捧起盒子一步跨进屋,然后把门反锁上。

他迫不及待地想打开盒子。可是,这盒子用铁丝缠了一圈又一圈,扎得十分牢固,只是木板之间有很小的缝隙。

彼埃特急得心痒难搔,满头大汗。他喘着粗气找到一把钳子,用尽全身气力把铁丝一根根绞断,可是盒盖钉得死死的。他只得又发疯似地在房间里翻腾了好一会,才找到一把钉锤,费了好大的劲,终于撬开了盒盖。

彼埃特把盒盖一掀开,突然大惊失色,"噌"一下跳到一张旧桌子上,接着又蹿到一个小衣柜顶上。原来,盒子里装着六条粗大的眼镜蛇! 彼埃特脸色发白,惊恐地盯着盒子里的怪物,满头满脸渗出了豆大的汗珠。

再说这六条眼镜蛇,突然被解了禁,显得格外高兴。它们立刻从盒子里窜出来,口喷火舌,一会儿蠕动着,一会儿蜷曲着,在屋里爬来游去,有时还竖起身子,扬起头,发出"咝咝"的怪叫声。

彼埃特想呼救,可他知道平日在这个时候,楼里是连个人影都见不到的,而且往常彼埃特从不搭理邻居们,今天谁还会来搭救他呢? 他绝望了。在绝望中,他猛然想到那个把毒蛇装进盒子里的家伙,便打算把这事报告给警察。可是再一想,不行! 盒子是怎么到自己房子里来的呢? 不! 不能报告给警察。可是像这样一个弄毒蛇的人,是不应该让他自由自在,逍遥法外的呀? 这样的人是公众的一害啊!

彼埃特躲缩在破柜顶上,心里实在想不明白:这对该死的年轻人,为什么要把这东西放在车上呢? 他一抬头忽然注意到了盒盖上的字:

　　伊丽莎白港蛇园
　　园长先生　　敬启

彼埃特气得一下子昏了过去……。

(梁根顺　编译)

天堂问好

　　一位农妇已经是第二次结婚了,她的第二个男人平时待她没有像第一个男人那样好。

　　一天,这农妇在厨房里烧饭,又想念起已经去世的第一个男人来。厨房的门开着。这时,她发现一个年轻人正朝厨房走来。这个年轻人是个穷学生,因为没有钱,只能从学校走回家,他已经大半天没吃东西了,请求农妇给他些吃的。

　　农妇问学生:"你从哪里来呀?"

　　学生回答说:"我从巴黎来。"

　　德文中,"巴黎"和"天堂"的发音十分相近。这位农妇不知道巴黎是一座城市,错把巴黎听成"天堂"了,于是,她喜出望外地问学生:"你在天堂里看到过我的第一个男人吗?他是在一年前死去的。"

"你的第一个男人?"学生莫名其妙。他看着农妇喜出望外而又迫不及待的神情,觉得很可笑,眼珠一转,说:"当然啦,亲爱的太太,我和他非常熟悉。他在那儿没有钱用,也没有衣服和帽子,只是用一块大白布缠身,他必须靠别人的施舍才能过日子。"

农妇一听学生这话,眼泪"哗哗"地流下来了:"我的苦命的男人呀!"伤心了好一会,她又问学生:"你什么时候再去天堂呢?"

学生说:"我明天就起程,十四天以后到那儿。"

农妇又问:"你能帮我带些东西到天堂去,给我的男人吗?"

"我当然乐意帮你的忙!"学生可高兴了,边说边转着念头:这个女人真笨,或许她会叫我捎些钱和衣服给她死了的男人哩!

果然,农妇拿出裤子、衬衫、鞋子,还有十二块金币。她用一块新布把所有的东西包好,又把一大段香肠和一瓶酒塞进了包裹,然后对学生说:"辛苦你把这些东西带给我男人,你再代我向他问好。"这个学生装模作样地拿起包裹,要紧离开了农妇的家。

过了一会儿,农妇的第二个男人回来了,农妇把刚才的事情告诉他。男人听了哭笑不得:天哪,天底下哪里再找得到这样的蠢老婆呢?他一言不发,独自翻身上马,去追赶那个学生。

这时候,学生正在公路上走着,他听到后面有马蹄声响,回头一看,一个农民骑着马就要赶上来了。他想,这一定是农妇的男人追他来了,就赶快把包裹丢在路边的大树后面,用柴草遮好,然后站在路边,让自己尽量镇定下来。

农民追上来了,问他:"你看到过一个手里拎着蓝布包裹的学生吗?"

学生一指公路右边的草地,回答说:"是的,他刚才经过这块草地,跑到后面森林里去了。大概还没有跑多远。"

农民立刻翻身下马,对学生说:"请你管一管我的马,我马上就回来。"边说边向森林方向奔去。

农民跑远了,学生从柴草堆中取出包裹,跨上马背,快马加鞭地离开了这里。

农民当然什么也没有找到。回来一看,马又不见了,年轻人也没影了,这时,他才刚刚醒悟到这个年轻人是谁。他捶胸顿足,懊恼万分:"我比我的老婆还要笨!我竟会亲手把我的马送给那个学生。"没办法,只好哭丧着脸回家。

农妇见他回来了,问他:"你的马呢?怎么走着回来?"

他回答说:"是啊,我把马给了那个学生,为的是让他快一点去天堂,快一点到你的第一个男人那里去。"

（孙越麟 编译）

莫理森现在是街区一位声名显赫的大富翁,他年轻时干过不少荒唐违法的事,不过除了他学生时代一个名叫马宁的伙伴外,没有一个人知道他的底细。可要命的是,莫理森有六封败露劣迹的信至今还在马宁手里,而这位马宁在熬过了十年铁窗生涯、今年出狱之后就住在这街区里,马宁料定莫理森会出一大笔钱来换取自己对往事的缄默,所以狠狠敲了莫理森的竹杠。在付给马宁一笔钱之后,莫理森自己对自己说:事情该到此为止了,得想办法干掉这个家伙。

经过一番周密的计划,这天晚上,莫理森来到马宁的住处,邀马宁一块喝酒。趁马宁不注意的时候,他把一包安眠药粉悄悄放入马宁的威士忌酒杯里,等马宁失去知觉后,莫理森就把他拖到煤气灶前,将他的头伸入煤气灶膛内。做完这一切,他便开始找他当初留在马宁手里的那六封信。

莫理森知道马宁是个马大哈,不可能把信藏得那么严。果然,三下二下,就在抽屉里找到了。莫理森高兴得那两只戴着手套的手都有些微微发抖,他小心翼翼地将这六封信藏进自己的贴身衣兜,又走进厨房,把自己刚才碰过的那只酒杯冲洗干净,放回橱内,然后再仔仔细细地把所有的窗户都检查一遍,关得一丝儿风都不透。他从容不迫地做完这一切,最后才打开煤气开关,自己从后门溜了出去。

回家的路上,莫理森没有遇见一个人,他暗自庆幸。到家后的第一件事,就是把那六封信烧掉,余灰倒入厨房的下水道里。直到这时,他才真正松了口气。

他知道警察一定会来向他询问此事,因为他现在是街区的显要人物。果然第二天一早,警察真的来找莫理森了。当然,莫理森早已做好充分准备,甚至连怎样微笑都事先练习过了。只见警察彬彬有礼地问道:"先生,您能认出这件东西吗?"莫理森一看,天哪,他手里举的是什么?那是一只蓝色钱包,上面有两个金色字母,是莫理森的名字缩写。莫理森不由摸了摸自己的上衣,内兜是空的,难道是昨晚装信时把钱包给带出来了?他情不自禁地伸手抓过钱包。可是奇怪,警察竟任凭他把钱包拿走,一点没有追问。

莫理森傻了,呆呆地瞪着警察,警察却献媚似地汇报说:"昨天晚上,一个邮递员把一件包裹投错了地方,他回想可能是送到马宁家,今天早晨就赶到那儿,想把邮包追回来。他敲了好一阵门,可是没人答应,奔后门一看,厨房里亮着灯。马宁躺在地板上,头伸在煤气灶膛里。那邮递员吓得要死,赶忙找到我。我们赶到现场,我发现了这个钱包,认为应该通知您。您知道,这个马宁蹲过监狱,对这样的人,我们总该提防着点才是……"

说到这里,警察停了一下。

莫理森两眼直瞪瞪地望着警察的脸,嘴唇微微发颤:"那,马、马宁现在……"警察摇摇头说:"这个马宁真是不可思议。我在现场桌子上看到一瓶威士忌,差不多已经喝光了,我们也弄不明白他究竟是喝醉了,还是发了疯,他怎么会把头伸到煤气灶膛里?他应该记得,因为付不起煤气费,他的煤气供应早在两星期之前就已经断了。刚才他好像有些醒了,可看上去仍然是一副醉醺醺的样子……可是——先生,您怎么啦?"

莫理森已经倒在地板上了。

(傅国兴 编译)

多嘴多舌

一天,拉里的朋友对拉里说:"拉里,求你办件事。前几天我交了个女朋友,我想让她认为我很有钱,把我们的婚事定下来。所以,你必须帮我一个忙。"

"怎么帮呢?"拉里问。

"容易极了,"朋友说,"明天我约她到皇后餐厅吃饭,12 点钟你也来餐厅。当然喽,这时我会装作无意之间看见了你,叫你过来,然后把我的女友弗格丝小姐介绍给你,并请你同我们共进午餐。接着,我就开始谈自己,每次,我说我有什么的时候,你就把它夸大。就这么简单。你要不停地吹呀吹,直到她以为我是个百万富翁为止。""就这么简单? 行啊!"拉里一口答应。

第二天,拉里准时走进饭店,看见他的朋友正同一个姑娘在用餐。朋友招招手请他过去,介绍他与弗格丝小姐认识,然后邀拉里一同坐下吃饭。

拉里的朋友瞧了一眼拉里,清清嗓门说:"我刚才对弗格丝小姐说,我在乡下有一块小小的田地……"

"乡下的小田地?"拉里马上插了进来,"听着,小姐,他竟把那里叫做什么乡下的小田地,那简直是个庄园!"

朋友脸上露出一丝微笑,接着说:"好了,算了。嗯……上个星期天,我从小屋里出来……"

"小屋?啊?那简直就是一座宫殿!"拉里又插了一句。

"我是说,我把女佣叫了过来……"

"你说女佣?啊?"拉里打断了他的话,"你怎么不说你把一个女佣叫了过来?据我所知,你有五六个女佣,还有好几个管家。"

"好吧,就说一个女佣吧,"他的朋友说,"然后我叫她给我拿些热水、糖和一点威士忌,你瞧,我最近感冒了……"

"感冒?"拉里高声叫了起来,"听啊,小姐,你有没有听见这个家伙说他有感冒?明明是肺结核!就是这么回事!"

拉里话音刚落,只见弗格丝小姐惊恐地站起来,拉里纳闷地问:"您哪儿不舒服,弗格丝小姐?"弗格丝紧张地说:"再见了,我要上防疫所去打预防针。"随后,她对拉里的朋友说,"告诉你,我宁愿嫁给健康的穷人,也不愿嫁给有病的富翁!"

(王 虹 编译)

自掘坟墓

　　美国商人朱迪生·韦勃是个既精明又心狠的角色,他很富有,却极刻薄。他在纽约有一个舒适的公寓,但他却非常喜欢乡间的小别墅,特别喜欢他那个柜子。柜子里放着他的枪、钓鱼竿、酒和其他东西,谁也不能碰他这个柜子,包括他的妻子海伦。

　　这天,他打开柜子,发现少了半瓶威士忌,脸一下子变了色,他马上想起了去年也少了半瓶威士忌,顿时怒火中烧。

　　这时他的妻子海伦走进来,见丈夫手里拿着酒瓶,脸色十分难看,不由问道:"亲爱的,你在干吗? 想喝酒吗?"韦勃答道:"不,亲爱的,我不想喝酒,我想倒进点东西。"说着便从口袋里掏出几粒药片,放在桌子上。接着,他拧开瓶盖,抬起头,对妻子说,"记得去年的事吗? 这次他会后悔的。"说罢,他把药片一粒一粒地倒进瓶子里,晃了晃,看着它们溶化开。

海伦预感到她的丈夫要干什么,紧张地问:"那是什么？是安眠药吗？"韦勃冷冷地一笑,说:"安眠药？哼！我要把偷威士忌的贼杀死！"他边说边盖上瓶盖,把那半瓶酒重新放回柜子里。他这么做了之后,顿时觉得一股快感涌上心头,他笑着说:"现在,我就要等着小偷先生进来偷这酒喝……"

他妻子听了,惊得脸色苍白,恳求道:"不要这么做,亲爱的,这太可怕了,这简直是谋杀。""谋杀？不,不,不！他侵犯我的财产,我有我的法律。""可他们只不过偷喝了一点威士忌,这些人也许是小孩。"韦勃说:"这有什么关系！一个人偷了我五美元同偷了一百美元,有什么本质区别？贼就是贼。我的所有的钱,包括我的威士忌都是冒险得来的。你懂吗？如果我死了,它全都归你。"

海伦沉默了,她不想和丈夫再争辩,她清楚丈夫早在生意场上学会了残酷无情,今天总算看清了他的真正面目,她一气之下离开了客厅。

韦勃可不在乎妻子的态度,他慢慢地关上柜门。忽然,他想起还没把晒在花园中的猎靴放回桌下,叫了几声妻子,没有回音,只得亲自去取。谁料到,当他走到花园时,突然脚下一滑,脑袋撞在假石上,一下子晕过去了。

几分钟后,他感到有一只强壮的手扶着他,然后是管家温柔的声音:"会好的,韦勃先生,你伤得不重,喝了它,你的感觉会好起来的。"管家把从柜子里拿来的那半瓶威士忌对着韦勃的嘴灌了进去……

（秋　羽　编译）

井 底 之 蛙

坐井观天者说天小，其实天不小，是他的眼界太小。

农夫买鞋

　　有一个农夫，一有空就去看鞋匠铺展出的鞋子。狡猾的鞋匠看透了这个吝啬鬼的心思，便悄悄地在心里打起了主意。

　　有一天，这农夫又来看鞋子了，鞋匠便把他叫进铺里，说："亲爱的，如果你愿意的话，你可以免费得到一双鞋子，而且允许你挑选一双最好的。"这农夫平时十分吝啬，听说不花钱就能得到一双自己想要的鞋，真是喜出望外，连忙问鞋匠需要哪些条件。鞋匠说："只要你三天不说一句话，其他什么条件也没有。"农夫感到这太容易了，高兴得连连点头，庆幸自己交了好运。于是，他就挑了一双羡慕已久的鞋子，心满意足地回家了。

　　农夫的妻子特雷斯见丈夫拿回来这么一双漂亮的鞋子，惊奇地叫了起来："天哪，你花了多少钱?"农夫笑嘻嘻地看着她，什么也不说。特雷斯接过鞋，边看边骂丈夫："你这该死的，花钱去买这么贵重的鞋，这是你穿的？"特雷斯追问农夫，到底买鞋花去了多少钱。农夫还是不说话，又摇手，又点头，最后竟哈哈大笑起来。特雷斯瞧着丈夫的傻样，吓坏了，连忙去叫邻居来。大家一看，建议特雷斯立即去找医生。

医生很快赶来了。诊断结果是：农夫被魔鬼附身了。医生建议特雷斯立即去请牧师，替农夫驱鬼。

于是，牧师和教堂执事一起来到特雷斯家里。所有的人都退了出去，牧师和执事便准备给农夫喷洒圣水。农夫愤怒地挥着双臂，可是毫无用处，牧师和执事庄严地把一桶圣水从头到脚浇在农夫身上，浇得他全身透湿。农夫睁红了眼睛，气得头发都竖了起来，不过他忍着，为了得到这双不花钱的贵重的鞋子，他必须得忍受这一切。

就在这个时候，特雷斯引着鞋匠走了进来。鞋匠微笑着向牧师和执事点点头，接着便要求他们都退出屋子，到外面去。

屋子里只剩下了鞋匠和农夫两个人。鞋匠说："怎么样，这不说话的味儿可不好受吧？现在请你恢复正常吧，约定的时间虽然还没有到，但是我解脱你了，从现在开始，你可以像原来那样说话了。这双鞋是属于你的，你确实为自己赚得了这双鞋。"说完，鞋匠就笑着向农夫告别了。

鞋匠走后，农夫得意地对特雷斯说："你看，我不花一分钱，就得到了这双鞋！"他兴奋得满脸放光，把事情的前后经过原原本本地告诉特雷斯。"什么，什么？"特雷斯一听，气得跳了起来，"这个鞋匠，这个狡猾的狐狸！他说他保证把你的病医好，让我立即付给他一百个古盾，可你这双鞋，才值几十个古盾呀……"

（江　烁　编译）

保尔受骗

保尔穿着一身高尔夫球衣,大汗淋漓地从球场回到更衣室。他走到衣架前时,突然气得火冒三丈。原来一个素不相识的男人穿着他的西装,脚旁扔着一堆破衣服。保尔一个箭步冲上去,一把揪住那个男人,大声吼道:"好大胆,光天化日之下竟敢偷窃,走,到警察局去!"

那男人大吃一惊,随后他对着气得脸色铁青的保尔微微一笑,说:"先生,不能责怪一个可怜的人,不是山穷水尽,一个讲体面的绅士是不会这么干的!"保尔一听,不由得仔细打量了他一番,觉得此人风度非凡,很有教养,不觉缓和了口气,说:"你如果真有充分的理由,我就不追究你!"

那男人叹了口气,神情黯然地说:"我是昨天刚从浦利堡赶到伦敦,来接受叔叔给我的一笔20万英镑家产的。谁知今天早晨我在泰晤士河畔散步时,看见一个姑娘跳到河里,便脱了衣服去救姑娘,不料等我救起姑娘上岸,竟发现衣服连同我所有的钱一起不翼而飞了。更让人不安的是:下午一点,我叔叔已和我约好见面时间,如果我穿着一身拾来的破衣服,我叔叔一定会认为我是酒鬼或者赌鬼,不要说给我那笔巨款,就是连一分钱也不会给!"说完,他长长地叹了口气。

保尔非常同情那个汉子,愤愤不平地说:"拿衣服的人也太缺德了! 现在有什么补救的办法呢?"那男人皱了皱眉头,说:"办法是有的,只要先生能借我这身衣服,问题就解决了。我叔叔看见我穿戴得还可以,我就能如愿以偿。"保尔傻眼了,心想:我把衣服借给他,我总不能穿着叫花子的衣服回家吧! 他正在犹豫不决时,耳边响起那男人的声音:"如先生肯帮忙,决不让您白干。我得来的家产,二一添作五,一人一半!"保尔一听,顿时喜上眉梢,一套旧西装能换来10万英镑,这样的美事哪里找? 想到这里,他连连点头说:"行! 君子成人之美。"那汉子很感动:"请您留下地址,我拿到钱就上您家去。"

保尔看着那男人离开更衣室后,自己穿着球衣,一溜小跑回到了家里。他刚到家不久,门外传来一阵门铃声,他打开门,只见那个男人脸色忧郁地站在门口,保尔忙问:"又出什么事啦?"那男人垂头丧气地说:"我叔叔家非常有气派,佣人一开门,见我这副寒碜的样子,说什么也不让我进门!"说完,又长长地叹了口气。

保尔仔细一看,自己也觉得穿那件皱巴巴的西装太不顺眼了,焦急地说:"不知有什么好办法来弥补?"那男人晃了晃脑袋:"挺不好意思,不知您还有没有像样的名牌西装借我穿一穿?"这句话顿时提醒了保尔,他忙冲进卧室,拿出一套准备结婚时穿的名贵西装,给他一试,果然气度非凡。保尔歪着脑袋,说:"像这种气派,不能走着去。"他从皮夹里掏出一百英镑,递给那男人,"要有气派,坐出租车去,快,快!"保尔说着,把那男人送到门口。那男人笑吟吟地对保尔说:"先生,您好糊涂,您不认识我,就把名贵西装借我,还给我一百元英镑,假使我不回来,您不惨啦?"保尔一听,想想有道理。那男人瞧瞧保尔愣神的模样,笑了笑,便从贴身衬衫口袋里掏出一张香气扑人的名片,递给保尔说:"这是我的姓名和地址。不过今晚 10 点以前,我会把十万英镑送来的。"

那男人走了,但这一晚上,保尔没敢离开客厅,支着耳朵听着门铃响声。不料一直等到凌晨,也没有动静。

第二天一大早,保尔就按名片上的电话号码、姓名,打电话给那个自称叫戴斯的。电话一接通,保尔就生气地叫道:"喂,戴斯,我是保尔,钱我倒不在乎,可西装我是要的,我结婚时要用的。"电话筒里传来热情的声音:"好,好,您随时来,我随时恭候,一定保您满意而归。"保尔本来以为对方会赖账,没想到对方态度这么诚恳,忙说:"我马上就来。"保尔撂下电话筒,马上找出一只小皮箱,估计装上 10 万英镑没啥问题,便匆匆叫上一辆出租汽车,按着名片上的地址找上门去。

保尔一下汽车,见是一家服装店,心里犯狐疑,他拿出名片仔细一看,原来戴斯是服装店的经理,他一走进大门,叫唤着:"戴斯,戴斯。"这时一个上了岁数的老人走了过来,说:"是保尔先生吗?"保尔神气地点点头,说:"快把你们的经理戴斯先生请来。"那老人说:"鄙人就是戴斯,您要的结婚穿的西装,我已吩咐店员准备好了,请上那边更衣室试装,一定包您满意。鄙店的宗旨是信誉第一,质量第一。"保尔一听顿时瞪大了眼睛,一股冷气从脚底升起,再也迈不动步子了……

（张　励　编译）

有眼无珠

亚历山大大帝骑马旅行到俄国西部。一天,他住进一家乡镇小客栈,为进一步了解民情,他决定徒步旅行。当他穿着平纹布衣走到一个三叉路口时,却记不起回客栈的路了。

亚历山大无意中看见有个军人站在一家旅馆门口,于是他走上去问道:"朋友,你能告诉我去客栈的路吗?"那军人叼着一只大烟斗,头一扭,把这身着平纹布衣的旅行者上下打量一番,傲慢地答道:"朝右走!""谢谢!"大帝又问道,"请问到客栈还有多远?"那军人"巴达巴达"地抽着烟斗,又把陌生人瞥了一眼,不耐烦地说:"一里。"

"谢谢!"大帝抽身道别。可刚走出几步又停住了,回转来微笑着说:"请原谅,我可以问一下你的军衔吗?"

那军人满脸傲气地说:"你猜嘛。"

"中尉?"那军人的嘴唇动了一下。

"上尉?"那军人摆出一副很了不起的样子。

"那么,你是少校?"

"是的!"军人高傲地回答。

于是,大帝敬佩地向他敬了礼。

少校嘿嘿一笑:"你呢? 你是什么官?"

大帝说:"你猜嘛。"

"中尉?"

大帝摇摇头说:"不是。"

"上尉?"

"也不是!"

少校走近说:"那么你也是少校?"

大帝镇静地说:"继续猜!"

少校取下烟斗,那副高贵神气的样子一下消失了,他用十分尊敬的语气低声说:"那么,您是部长或将军?"

大帝说:"快猜着了。"

少校变得结结巴巴起来:"殿……殿下是陆军元帅吗?"

大帝微微一笑:"我的少校,再猜一次吧!"

少校的烟斗从手中一下掉到了地上,大声喊了起来:"皇帝陛下!"说完猛地跪在大帝面前,"陛下,饶恕我! 陛下! 饶恕我!"

大帝笑出了声:"饶恕你什么? 朋友,你又没伤害我,我向你问路,你告诉了我,我还是该谢谢你。"

(余善华　编译)

奇特考试

巴贝尔曾参加过第二次世界大战,在战争中失去了一只眼睛。他平生好酒,且心计多端、脾气古怪。

最近,上级把巴贝尔从边境抽调到地方警察局,担任考官,负责招收一批既有魄力勇气又有应变能力的警察。几天过去了,应考的青年踏破了门槛,但没有一个能使巴贝尔考官感到满意。

这一天,第一个考生惶惶地踏进考场,还不到半分钟就沮丧地出来了。应考生都马上围住他,问考了些什么。那考生说:"考官要我把桌上放着的两瓶威士忌酒一口气喝完,才有资格拿试卷。这不存心玩人嘛!"

正巧就在这时,一个蓬头垢面、衣衫不整的流浪汉走过这里,听说考场上有酒喝,就一下闯了进去。

巴贝尔考官斜着一只眼,盯着流浪汉威严地说:"先喝两瓶威士忌!"

流浪汉原来就是一个酒鬼,因为贪杯误事被老板赶了出来,这两天不要说已经滴酒未沾,就是连水也没喝过,眼下听说叫他喝酒,真是欣喜若狂。他端起酒瓶就"咕嘟嘟"喝了起来。可是喝了两口,马上停住,盯着酒瓶子呆了。其实,里面根本不是威士忌,而是白开水!但流浪汉马上又"咕嘟嘟"喝下去,因为他实在太渴了。

"好!年轻人,你被录取了。"

"什么?"流浪汉惊愕不已。

"你能毫不犹豫品尝酒,说明你有勇气,有魄力;你知道喝的是白开水后,却还不露声色地喝下去,说明你有应变能力。祝贺你,年轻人。"巴贝尔考官说。

(包剑萍　编译)

城里来了一个剧团，他们一到就在大街小巷贴演出海报。海报很醒目，它由紫、黑、红三种颜色构成一个神秘的图案，上面只有四个字：离奇、惊险！

好多市民不相信这种蛊惑人心的宣传，到了演出时，剧场内稀稀拉拉的只有数百个观众。

开演铃响了，报幕女郎款款走上舞台，用十分动听悦耳的声音说道："先生们，女士们，演出开始。"谁知话音刚落，突然场子里响起一阵粗野的吆喝声，一群蒙脸大汉手持冲锋枪冲进剧场，其中一个对准台上就是一枪，"啊！"只听报幕女郎一声惨叫，捂住胸口倒在地上。

突如其来的凶杀案，把全场观众都吓傻了，他们万万没有想到剧场里会发生这样的灾祸。就在大家呆若木鸡的时候,只听蒙脸汉中发出一阵毛骨悚然的狂笑声,其中一个恶魔扬扬手中的枪,恶狠狠地说:"我是西利姆,谁敢动一动,嘿嘿,别怪我不客气!"

"西利姆?"在场的人一听"西利姆"这三个字,都吓得魂不附体,有的人立刻瘫倒在地上。原来,西利姆是被警方追捕的强盗头子,前几天他还抢劫了附近一个城市的一家银行呢!

这个西利姆也真够厉害的,不知从哪打听到这天剧团经理也在场,硬逼着他从人群里站出来,恶狠狠地说:"臭仔,先从你开始,快把你身上值钱的东西拿出来!"剧团经理早已吓得瑟瑟发抖,急忙从上衣口袋里掏出一些单据,结结巴巴地说:"我是个快破产的经理,我身上只有这些债务单。"西利姆一听,不耐烦地皱了皱眉头,另几个蒙脸汉一见,立刻冲上去,把剧团经理绑在柱子上。随后,西利姆透着杀气的目光,朝人群里一扫,走到一个吓呆了的姑娘面前,拧着姑娘的脸蛋,淫笑着说:"多漂亮的小妞!"一边说一边把手伸进姑娘的上衣里。

站在一旁的一个青年实在看不下去了,"噌"地一声从座位上跳起来,对准嬉皮笑脸的西利姆的面孔就是一拳,西利姆没有防备,捂着脸"哇哇"大叫,不过他的反应也不慢,立刻端起冲锋枪就是一梭子。刹时,姑娘和小伙子双双倒在了座位上。西利姆张大了布满血丝的眼睛,用枪顶着坐在另一边的一男一女两个人,吼道:"快把你们身上的戒指摘下来,不然他们就是你们的榜样!"望着黑幽幽的枪口,两人慌忙把戒指交给了西利姆。

这时,全场的空气好像凝固了,人们大气儿不敢出,唯恐西利姆的枪口指向自己。就在大家惶惶不安的时候,突然场内灯光大亮,只见刚才被打死的报幕女郎一骨碌从地上爬起来,满脸带笑,用柔美的声音对惊愕的观众说:"先生们,女士们,演出到此结束!"那个刚才被绑在柱子上的剧团经理,不知什么时候已经松了绑,也笑嘻嘻地走上舞台,神采飞扬地对还未回过神来的观众说:"为了感谢合作,在刚才演出中借用先生、女士的戒指,不仅完璧归赵,还要按其价值百分之十的比例给予奖金!"直到这时,吓破了胆的观众们才恍然大悟,原来刚才是一场虚惊!大家对这绝妙的演出赞叹不已,一时间,全场掌声雷动,经久不息。这一来,剧团名声大振,市民们争先恐后地涌向剧场,还带上最昂贵的宝石戒指,企望着好运降到自己的头上,也能拿到一笔奖金。

话说这天,当剧场里演出进行到"西利姆"正在"侮辱"姑娘时,突然门外又冲进来一个文质彬彬的青年,他径直走到铁塔般的"西利姆"面前,对准"西利姆"的鼻梁就是一拳,只听见"咔嚓"一声,顿时"西利姆"满脸开花,血从他的鼻子、嘴巴里流了出来,那铁塔般的身子摇晃了几下,"咣当"一声,重重地倒在地上。剧团经理这时候正被绑在柱子上,看看"西利姆"倒在地上觉得挺奇怪,怎么剧情改变了也不通知我一声?他立刻命令"歹徒"们给他松绑,一步冲到青年面前,生气地说:"你是什么人?凭啥闯进我们剧院来?"那个青年擦擦手,轻描淡写地说:"我就是你们要请的西利姆!""啊?"剧团经理吓得立刻面孔发白,迟疑半晌,才想起朝观众席上叫喊:"快逃,西利姆真的来了!"那青年眼疾手快,一把抓住狂叫着的剧团经理,一甩手把他扔进了乐池。

观众们还蒙在鼓里,看到剧团经理飞进乐池,场内爆发出一阵雷鸣般的掌声:"啊,太精彩了!"那青年见此情景,脱下礼帽,绕场一周,优雅地连连向观众鞠躬。狂热的观众们都争先恐后地脱下手上的戒指,扔进那青年的礼帽里。青年满脸含笑,一手托着装满戒指的帽子,一手频频向观众招手致意,慢慢地退出了剧场。

观众们还处于兴奋状态之中,等待着那青年回来发奖金。就在这个时候,被扔进乐池的剧团经理从乐池里探出跌得满脸乌青的脑袋,气急败坏地喊道:"快去报案! 快去报案!"

　　望着剧团经理这副滑稽的模样,观众席上爆发出阵阵哄笑和喝彩声,人们再一次卷入狂热之中,他们感到极其兴奋,因为今天不仅看到了比往常更丰富的内容,而且每个人都可以获取一笔不小的奖金。剧团经理喘着粗气,撅着屁股,费了九牛二虎之力才爬上舞台,嘶哑着嗓门喊道:"是真的! 是真的!"可是他的声音早被阵阵喝彩声淹没了,谁也听不到。

(张　励　编译)

信仰上帝

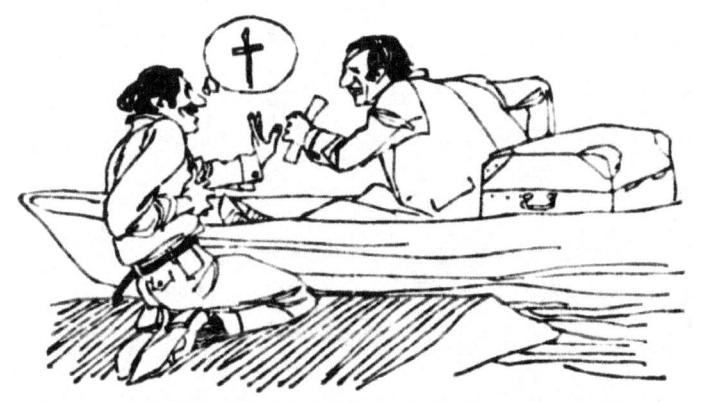

一个叫史密斯的人，是个信仰上帝的虔诚者。有一次发洪水，他爬上了屋顶，可水还是淹没了他的脚。这时，有个人划着独木舟经过这儿，对他说："快上船吧，我送你到更高的地方去。""不，谢谢你。"史密斯说，"我信仰上帝，上帝会救我的。"

过了一会，水涨到他的腰间，有一艘摩托船驶过来，船上人招呼他上船，说要把他送到较高的地方去。"不，谢谢啦！我信仰上帝，上帝会救我的。"

后来一架直升机飞过这儿，这时水已经淹到他的脖子了，警察叫他："抓住绳索，我们把你拉上来。""不，谢谢。"史密斯说，"我信仰上帝，上帝会救我的。"

结果，他在水中挣扎几小时后，精疲力尽，终于沉下去，淹死了。当他的灵魂见到上帝时,对上帝说:"请告诉我,上帝。我对您是如此的虔诚,相信您会救我,但您还是让我沉下去,这究竟是怎么回事啊?"

上帝说:"你还要我做什么呢?我已经给你派来了两只船和一架直升机了。"

(计　滨　编译)

客人赖账

　　法国有一家夫妻老婆饭店，店老板叫施文，此人精于本行，能算会做，平时好胜要强，特爱打赌。

　　有一天中午时分，施文老板忙里偷闲，舒服地坐在躺椅上看报纸。他正看得起劲，来了两个年轻人，他们向施文老板问了好，自我介绍说他们是远游之人，现在饥渴交加，要施文老板快拿出东西来给他们吃。

　　施文老板马上拿来了酒菜，送到这两个客人面前。看到他们狼吞虎咽的吃相，施文老板心里美滋滋的，这说明自己的手艺不错！

　　那两个客人边吃边聊。

　　其中长着黄头发的一个说："不久前我在一家饭馆吃饭，与老板打赌:他若能在饭馆墙上的挂钟下静坐一刻钟,眼睛盯着钟摆,嘴里随钟摆左右摆动说'这边、那边,这边、那边……'我就输给他三个塔勒①。"

另一个客人说:"这有何难? 看来这三个塔勒你是输定了。"

"恰恰相反,那个老板输掉了三个塔勒!""黄头发"得意地说。

这时,坐在一边听他们聊天的施文老板,对这事儿发生了兴趣,忍不住对这两个青年说:"这确实不难做到。这个老板看来是个笨蛋。"

黄头发一听哈哈大笑,说:"老板,您不知道,那个老板可是世界上少有的精明人! 实在是这个赌太难了。您想,在一刻钟时间里,目不斜视,人不能动一动,嘴巴还要随'嘀嗒'声说'这边、那边',实在难以做到啊!"

施文老板很不服气,大声说:"管它有多难,我一定能做到,这个赌我是赢定了。"说完,他拿出三个塔勒放在桌子上。

黄头发也从钱包里取出三个塔勒放到桌子上,并叫施文老板再拿些酒菜来,让他们边喝边打赌。

随后,施文老板拿了把椅子放在墙边挂钟下。十二点整,打赌正式开始,施文老板坐到椅子上,眼睛盯着钟摆,嘴里随着钟摆的"嘀嗒"声,"这边、那边,这边、那边"地说开了。

黄头发和另一个青年边吃边喝,两人挤眉弄眼,乐不可支。

五分钟过去了。十分钟过去了。两个客人喝光了酒,吃光了菜,抹抹油光光的嘴,从座位上站起来,边取背囊、帽子和手杖,边说:"老板,再见了! 谢谢您的款待!"黄头发又侧身将放在桌上的自己和老板的那六个塔勒装进了口袋。临走前,他特地来到施文老板身旁,对着他的耳朵说:"我们要走了,祝您愉快!"

---

① 塔勒:德国旧货币名,相当于银元之类。

他们走出门,轻轻地把门带上了。

施文老板知道他们走了,但他想:这是圈套,我可不上你们的当。我不会那么笨,我一定要坚持住,一定要赢!

施文老板真是好样的,整整一刻钟,没有动过一动,嘴里没有停止过"这边、那边,这边、那边"的咕哝声,眼睛没有看过别的地方。

到了十二点一刻,施文老板高兴地从座位上跳了起来,他一边喊着:"赢了! 赢了!"一边冲出门外。然而,两个顾客却连影子都不见了——三个塔勒和一顿美味酒菜白白地送给了人家。

(乾　元　编译)

眼镜识字

　　有个农人,发现有些人在看书的时候戴眼镜,觉得那样子很了不起,于是有一天,他走进一家眼镜店,也去买眼镜。店主拿给他一副眼镜和一张报纸,农人戴上眼镜,拿起报纸看了起来。看了老半天,他说:"这副眼镜看不清楚,请另拿一副吧!"店主给他拿了七八副,但他不是说这副不管用,就是说那副不合适。

　　这样过了大约半小时,农人试了几十副眼镜,但是没有一副他觉得满意的:"先生,你这里难道没有一副能戴着看书的眼镜?"

　　店主正要答话,突然发现农人把报纸拿倒了,便十分恼火地问他:"你识字吗?""识字? 不,先生。"农人振振有词地说,"正因为不识字,我才买眼镜呀! 如果我识字,我买眼镜干吗?"

(佚 名 编译)

士兵打赌

一位下士调动工作,报到时带来了原上司写给新上司的一张条子:"此人嗜赌如命,如你能令他戒赌,他会成为一个十分出色的士兵。"

新上司大声问下士:"你平时赌什么?"下士答:"什么都赌。比如,我敢说你右臂下有一颗黑痣。假如没有,我宁愿输掉我一周的薪金。"新上司叫道:"拿你的钱出来。"接着,他把上衣全部脱掉,证明并无黑痣,然后把钱装到裤袋里去了。

事后,他给下士的原上司打电话:"你那位下士先生起码最近不会找人赌钱了,因为我刚才治了他一下。""别太自信了,"对方回答,"他出发到你那里之前就同我赌两千元,说见到你五分钟之内,一定能令你打赤膊。"   （张　涛　编译）

过分友好

约翰和他的妻子年岁大了,决定趁现在身体还可以活动,出去旅游一段时间。到哪儿去旅游呢? 妻子说:"我们去西班牙吧? 我总是听人们谈论西班牙。"约翰同意了。

于是,经过一个多月令人兴奋的准备,他们出发去了西班牙。

当他们回来时,他们的儿子问他们:"你们玩得快乐吗?""是的。"这对老夫妇幸福地说,"我们当然快乐。""你们认为西班牙人怎么样?""哦,他们对我们太友好太体贴了。"约翰说,"一天晚上我们去看芭蕾舞,那晚你妈妈太累了,很快坐在椅子上睡着了。你知道发生了什么?"儿子好奇地问:"发生了什么?""这些舞蹈演员怕吵醒你妈妈,她们竟然都踮着脚尖跳舞!"

(刘彩玲　编译)

强 词 夺 理

当一个人横下心来时,唾沫星子也能淹死人。

迪蓬对表

　　有一个人到迪蓬先生家去吃饭，饭后，他问迪蓬先生几点钟了。迪蓬走到窗口看了看太阳的位置，说："现在是两点差二十五分。"他的朋友奇怪地问："怎么，你没有手表？""没有，我没有表。""你靠看太阳判断时间，不会发生差错吗？""从来不会。"

　　"那么，要是你半夜醒来，想要知道时间，怎么办呢？""不成问题，我有喇叭。""什么，你讲什么？""我讲我有喇叭。要是半夜里醒来想知道时间，我就走到窗口打开窗子，然后吹响我的喇叭。""那又有什么用？""我一吹，肯定有邻居会打开窗子叫起来：'是什么人清晨三点钟就吹号啦？'"

（汪　阳　编译）

外科手术

约翰和妻子驾车外出游玩,不幸在途中发生车祸,约翰自己倒没受什么伤,但是他妻子面部受了伤,于是,他将妻子送到医院,要求医生为妻子做整容手术。

医生查看了他妻子的伤后,对约翰说:"没问题。不过,手术费需要一千美元,还必须从您的臀部切下一块皮来移植上去。"

一个月以后,约翰的妻子出院了,约翰开了一张两千美元的支票给医生。医生说:"先生,您多给了我一千美元。"

约翰拍了拍医生的肩膀,笑着说:"手术非常成功。您想想看,今后如果她的情夫再吻她的脸,其实是在吻我的臀部,对我来说,多花一千美元是值得的。"

（孙　斌　编译）

工作时间

比尔在一家大公司工作,他常常在工作时间去理发店。

一天,比尔正在理发,碰巧遇见了公司经理。他想躲,可经理就坐在他的邻座上,而且已经认出了他。

"好啊,比尔,你竟然在工作时间来理发,这是违反公司规定的。"

"是的,先生,我是在理发,"他镇定自若地承认。"可是你知道,我的头发是在工作时间长的呀。"

经理一听,勃然大怒:"不完全是,有些是在你自己休息的时间里长的。"

"是的,先生,您说得完全正确,"比尔彬彬有礼地答道,"所以,我并没有把头发全部剃掉呀!" （朱永亮 编译）

迟到原因

　　一天，指挥官在晨操前点名，发现有九名士兵还未回军营销假，因而大发雷霆。直到下午七点多钟，第一个士兵才大摇大摆地回营房。

　　"很抱歉，长官，"那个士兵解释说，"我因有约会，耽误了时间，回来又错过了车，但我还是下决心赶回来，于是，租了一辆马车。怎知马车在途中坏了，我立即跑到一户农家，恳求他们卖一匹马给我。无奈骑马回来时，那匹马突然死去，最后我还是步行了十多里路赶回来了。"

　　军官听后虽是满腹狐疑，但还是原谅了他，免于对他的惩罚。然而，跟着他之后，一连七个士兵回来时都是这样说——因有约会，耽误了时间，错过了车；租马车，马车坏了，买马骑；马突然死去云云。

紧接着,最后一个士兵也回来了。他正想开口向指挥官报告时,指挥官再也忍不住了,两手叉腰嚷叫道:"你又发生什么事呢?"

"长官,我因有约会,耽误了时间,回来时又错过下车,但我还是下决心赶回来,于是,租了一辆马车……"

"住口!"军官大动肝火,咆哮道,"不要告诉我马车坏了!"

"不,长官,"士兵振振有辞地说,"马车并没有坏,麻烦的是路上躺着八匹死马,我的马车根本没有办法通过。"

(梁炽基 编译)

两百英镑

一位到伦敦的旅游者下了飞机,刚走出飞机场,就看见有许多出租汽车。这位旅游者问了一位司机的姓名,然后就乘上了他的车。

旅游者问道:"坐一天车,你收多少钱?"司机说:"一百英镑。"其实根本就不需要付这么多钱,但旅游者没说一声价钱贵,就坐上车了。

司机载着这位旅游者到处游玩,带着他参观了伦敦所有的名胜古迹。傍晚,他们回到旅馆时,旅游者给了司机一百英镑,问:"明天你又收多少钱呢?""还是一百英镑。""好吧,明天见!"司机听了非常高兴。

第二天,司机又载着这位旅游者到处逛。傍晚,他们回到旅馆时,旅游者给了司机一百英镑,说道:"明天我要回家了。"司机听后感到依依不舍,他很喜欢这位旅游者,因为每天一百英镑是一笔不小的收入啊!"你要回家了? 你家在什么地方?""在纽约。"

"纽约!"司机很感兴趣地说,"我有个姐姐也在纽约,她叫苏姗娜,你认识吗?"

"当然认识,就是她要我带给你这两百英镑的。"

(樊文生 编译)

斯考金没有钱花了，正愁无计可施时，突然想到为何不扮个药剂师去骗钱呢？于是他装好一箱子朽木粉。星期天，他来到教堂门口，对妇女们说，他有上好的跳蚤粉，能把乡下的跳蚤都杀死。妇女们听信了他的谎言，每人买了一包，斯考金挣了不少钱。

妇女们回家以后，把跳蚤粉撒在卧室里，可是跳蚤依然如故。

过了几天，斯考金又来到教堂，妇女们一眼就认出了他，把他围起来要和他算账。其中一个骂道："你这个不老实的家伙，用假跳蚤粉来欺骗我们！"斯考金说道："怪事，难道你们家的跳蚤没有死光？"妇女们说："我们家的跳蚤越来越多了！"斯考金说："哪会有这样的事？我敢肯定，你们没有用这种跳蚤粉。"妇女们说："我们确实把跳蚤粉撒在屋子里了。"

斯考金说："唉！天下竟有这样的傻瓜，买东西的时候都不问一下怎么使用。我告诉你们，你们应该捏住跳蚤的脖子，这样它一定要张口喘气，趁它张大嘴的空子，把跳蚤粉撒进它的口中，这样，保证能把跳蚤杀死。"

（佚　名　编译）